つながりません

スクリプター事件File

長岡弘樹

角川春樹事務所

本書は二〇二〇年六月に小社より単行本として刊行されました。

つながりません

スクリプター事件File

長岡弘樹

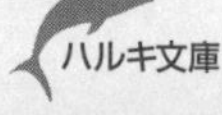

角川春樹事務所

目次

第1章 火種(ひだね)

1

帰る途中、コンビニでバドワイザーを買った。

小さなレジ袋に入ったその缶ビールを、書類でいっぱいになった鞄に放り込みつつ、足早に店を出る。

しばらく歩いてから千種は直感した。

——尾行られている。

さきほどからずっと、かすかにではあるが、背後から足音のようなものが聞こえてくるのだ。その気配は、家路を急ぐ千種をぴたりと捉えたまま、一時も離れようとはしなかった。

背筋に冷たいものを感じて、彼女は足を速めた。こんなことなら、もっとヒールの低い靴を履いてくるんだった。

マイアミの夜は蒸し暑い。空気が昼間の熱気を溜めこんだまま、ねっとりと素肌に絡みついてくる。

コンビニを出てから百メートルも歩かないうちに、もう全身が汗ばんでいた。息苦しくて嫌な空気だったが、背後の気配が与えてくる不快感に比べれば、どうということはなかった。

一刻も早くシャワーを浴び、真っ白なシーツにくるまりたい。

自然と足の運びが速くなり、気がつくと小走りにアスファルトを蹴っていた。

背後を振り返る勇気はなかった。

困ったのは、すぐに息が上がってきたことだった。

体がだいぶ鈍っている。明日は休日だから、久しぶりにゴルフにでも行くかと思った。幸い、日本と比べてこちらはカントリークラブの利用料金が格段に安い。

——それにしても、ビールにゴルフにと好みがオヤジっぽいな。

そんなふうに自分でも呆れているうちに気持ちが落ち着いてきたので、足の運びを少し遅くした。

肌は汗で湿っぽくても、心はがさがさに乾いていた。

日本とアメリカが大きく異なる点の一つは殺人事件の多さだ。渡米して以来、人の死にたびたび接するようになったせいで、命の重みについての感覚が麻痺し始めている。そんなふうに思えてならない。

日本の事務所に電話をして母国語の「着る」や「切る」という言葉を使ったりすると、頭の中にはすぐにアルファベットの「ＫＩＬＬ」が浮かぶ。その四文字を仕事で目にする頻度が高すぎるせいだ。

千種はもっと明るい通りへ出ようとした。

しかし街灯の柱はあるものの、明かりは点（つ）いていない。どれも石ころか、そうでなければ拳銃（けんじゅう）の弾丸で、無残に割られてしまっている。

しばらく歩いて、無傷で生き残っている街灯を一つ、やっと発見した。ほっと胸を撫（な）で下ろす思いで、明かりの下で立ち止まる。

やけに喉（のど）が渇いていた。

千種は書類鞄を開け、先ほど買った缶ビールを出した。プルタブを引っ張り、口をつける前に腕時計を覗（のぞ）き込む。

時計の針は、日付が変わったばかりであることを教えていた。

乱雑に散らかった事務所の奥まったところに座って、四六時中、裁判所時報のページをめくっている上司の顔が浮かんだ。

部下にはこんな時間まで残業をさせる一方で、自分は真っ先に帰っていった。いまごろは、清潔なシーツの上で大の字になり、鼾（いびき）をかいているころかもしれない。

日本にある大手法律事務所から、業務提携をしているアメリカの企業へ出張してきたところだった。法曹資格を得て間もない新米弁護士だが、英語力を買われての抜擢だった。出張期間は半年の予定だ。こっちに到着してからまだ半月ほどしか経（た）っていないから、借りたアパートメントまでの帰路はいま一つ不案内だった。

折しも、地区で唯一のタクシー会社の車は、従業員がストライキをしているとかで、一台も走っていない。バスの時間もとっくに終わっている。そのうえ地下鉄もないとなれば、歩いて帰るしかなかった。

ビールの缶を傾け、二口三口と呷りつつ、耳を澄ませ、神経を背後に集中させた。

尾行の気配はまだ消えない。

飲み終えたビールの缶をレジ袋に戻し、さらに歩き続けると、暗がりに街娼らしき女が二、三人立っていた。

珍しげに千種の方を眺めては無遠慮に何か囁きあっている様子だ。

街娼たちがそばにいることで、背後を振り向く勇気が湧いてきた。

たとえ何者かに襲われたとしても、彼女たちが助けてくれる。いや、そこまでの親切心は発揮してくれなかったとしても、目撃者として事件の証人になることぐらいなら拒まないだろう。

何よりも、他人の目があるところで、悪さを働く奴もいないはずだ。

千種は、なにげないふりを装って、肩越しに背後をすかし見た。

まだいるらしい。

暗すぎてはっきりとはしないが、やはり尾行者の気配を感じる。姉の千帆を死に追いやった組織の連中に違いない。

迷った。

こうなったら、少々危険でも近道をして帰った方がいいのかもしれない。

千種はいったん逡巡したあと、意を決して細い道に足を向けた。近道をするための、やむない選択だ。

その細い道は、二棟のアパートメントの壁によってできた路地だった。アパートは双方ともかなり老朽化していた。ところどころ漆喰がはげ落ち、内部のコンクリートが剝き出しになっている。

しばらく進んでから上を見上げてみた。

両側の壁面にいくつかの窓が、夜によって作り出された闇よりもさらに黒々とした穴を開けていた。

カーテンをつけている窓など数えるくらいしかない。まして明かりの点いているそれは皆無に近かった。

やがて千種は、この路地に足を踏み入れたことを後悔した。

ゴミだらけで異臭を放つ細い道は、途中で行き止まりになっていたのだ。

突き当たりには、高くて分厚いブロック塀が、どっしりと居座っていた。まるで、向こう側の土地との境界線はここだ、と大声で主張しているかのようだ。

おまけに、塀の真下は自然発生的に出来上がった一種のゴミ捨て場になっているらしく、紙屑や廃材に混じって、腐って軟らかくなった果物や魚などの生ゴミが散らばっていた。

あまりの不潔さと腐臭のひどさに、千種は立っていられなくなり、その場に屈みこんだ。

そして内臓がせり上がってくるような感覚を、涙を流しながら味わい、二時間前に食べた未消化のメキシカンピザを二回に分けて、ゆっくりと吐き出した。

ひとしきり咳き込んでからハンカチを取り出し、涙とアイシャドウを拭い去る。

やっと落ち着いてきたので、立ち上がろうと、視線を上に向けた。

そして、その姿勢のまま千種は固まった。

塀の上から、人間の目がじっと彼女を凝視していた。

やけに細い体をしている。こいつが尾行者の正体に違いなかったが、涙で視界がかすんでいたため、相手が男なのか女なのかすら、はっきりとは分からなかった。

2

小説『火種』には、あるシークエンスがそんなふうに綴られていた。

この小説は、現在おれが手掛けている同名映画の原作本でもあった。活字の方はサスペンスに加え、ホラーの味付けもしてある。だがおれの映画は、ジャンルで言うなら、アクションとメロドラマの方に傾くはずだ。

元タレントの新人作家が書いたという触れ込みの小説だが、さほど売れなかったらしい。しかし、葬式にも赤い衣装を着ていく女性新米弁護士、というヒロイン像が一部で人気を博し、映像化の運びとなった。

監督をしてほしいとのオファーがあったとき、おれは原作を読んでいなかったが、キャラクターがいいとの評判は聞いていた。だから二つ返事で承知し、脚色も引き受けた。

しかし、いまではもっと慎重に行動するべきだったと反省している。

そもそもこの原作、サスペンス小説としては、正直なところ気の抜けた凡作と評するしかなかった。シーンの構成は全体的に冗長で、文章も上手(うま)いとは言い難く、ざっと文字を追うだけでも軽い苦痛を覚えるほどなのだ。

いま読み返した部分は脚本に盛り込んでおいた。そのシークエンスを昨日、一通り撮影してみたのだが、ラッシュ——未編集フィルムを観(み)てげんなりしてしまった。

海外の路地を模したセットは、百点満点中三十点ぐらいの出来でしかなかった。街娼役として連れてきた外国人のタレントたちも演技が拙(まず)く、頭が痛くなってしまった。

そんなわけで、一夜明けたいまも、おれの不機嫌は続いていた。

路地で追い詰められたヒロイン、火村(ひむら)千種は、その後、どうにか繁華街まで戻り、立体駐車場に逃げ込む、という流れになる。

それが今日、これから撮影するシーンというわけだ。

た。

作業を続けるスタッフたちの方を見やりながら、おれは苛々と足踏みをしつつ口を開いた。

「準備はいいか」

「もうちょっと待ってください」

「あとどのぐらいかかる?」

おれの目の前ではいま、カースタント係のスタッフ二人が、一台の赤いセダンに寄り集まるようにして、運転席のシートを外したり嵌め直したりしている。その一人が振り返りもせずに答えた。

「十分程度だと思います」

「遅い。もっと急いでくれ」

そう返したあと、おれは彼らの作業を注視したまま、背後に向かって声をかけた。

「いま何時だ」

「午前四時三十二分です」

真野韻の声は、今日も憎らしいほど落ち着いていた。焦る気持ちを逆撫でされ、次に彼女へ投げた問い掛けは、やや乱暴な口調になってしまった。

「この駐車場は何時までだ」

おれたち撮影スタッフがここに滞在していられるリミットの時刻を教えてくれ。そういう意味の質問だ。

もし韻が少しでも慌てていたら、これを勘違いし、施設の営業時間を答えてくるのではないか。そんなふうにも思ったが、

「契約では、午前六時までとなっています」

彼女はやはり、どこまでも冷静のようだった。

「じゃあ残り時間は」

訊きながら、おれはちらりと韻の方へ視線をやった。

小柄で骨ばった体が、大きすぎるセーターの中に飲み込まれるようにしておさまっている。やや肩を出すような着方は、自然なものか計算されたものか、よく分からない。

年齢は三十のちょっと手前で、独身らしい。頭頂部を少しずらした位置で丁髷状に結った髪は、あまり手入れが行き届いているようには見えなかった。

「八十八分。いま一分減りましたので八十七分」

答えてくれた韻には頷きもせず、

「ほら、時間が押してるぞ」

おれは手を叩きながら、カースタント係のスタッフたちに寄っていった。

「準備はいいか」「もうちょっと待ってください」「あと何分だ」のやりとりがもう何度か繰り返されたあと、ようやく、

「森次監督、OKです」

の声が返ってきたため、おれはセダンに向かってカメラを担いだ。

いまは早朝。カメラマンとの契約では労働時間に含まれない時間帯だから、この現場での撮影は、監督のおれ自身が担当するしかなかった。

ファインダーを覗き、長方形に切り取られた視界の中央に赤いセダンを捉える。ドライバーズシートには誰もいない——そのように見えた。OKだ。

おれはまた韻に声だけを投げた。

「あの車、つながってるか?」

この赤いセダンは、いまからカメラに収めるシーンより前の場面にも登場することになっている。だから撮影したフィルムを編集する際には、前後のシーンで、汚れ具合や傷のつき方について整合性が取れていなければならない。それがきちんと取れている状態を、この業界では「つながっている」と呼び習わしている。

「ええ。つながってます」

その答えに安心し、そっと息を吐いた。

真野韻——このスクリプターと組んで仕事をするのは、今回が初めてだった。

「つながりません」

それが彼女の口癖だと聞いていた。だから、いまの問い掛けにも、取るに足らない些細な点を問題にして何か面倒くさいことを言ってくるのではないか、そう警戒し、おれは密(ひそ)かに身構えていたのだ。

映画『火種』の筋は、ほぼ原作と同じだ。この主人公が殺人事件に巻き込まれ、傷つきながらも強くなっていくという、まあ言ってみれば陳腐極まりないもの。

こうなると、映画の出来は細部の演出にかかってくる。

——この小説は、ディテールがわりとよく書けていますよ。

そのように以前、韻が評したことがあった。だから先ほどもわずかの空き時間を利用してざっと読み返してみたわけだ。

しかしおれには、どうしても褒めるに値する部分が見つけられなかった。

「じゃあぶっつけ本番でいくぞっ」

おれは韻と一緒に、セダンを正面から撮影できる位置まで移動し、車に向かって声を張った。

「アクション」

立体駐車場のスロープを下りてくる形で、無人の車が動き出す。

——おいおい。

おれはファインダーから目を離し、車の方へ駆け寄った。幾らも前進しないうちに、車が停(と)まってしまったためだ。

った。

「はあ……。ちょっと問題がありまして」

くぐもった声でそう答えたのは、ヘッドレストと一体型になっている〝車のシート〟だった。

「どうかしたか?」

その黒い革張りの座席に、おれは顔を近づけた。

「問題って何だ」

「前が見えないんですよ」

シートが答える。声が出ているのはヘッドレストのあたりからだ。

「どうしてだ。ちゃんと穴がついているだろう」

おれはシートにもっと顔を近づけた。遠目だと決して分からないが、近くに寄れば、ヘッドレストに細かい覗き用のピンホールがいくつも開けられていることが見て取れる。

「ええ。ですけど、ここは屋内ですからね。この穴を通して見ると、予想以上に暗いんです。建物の外だったら十分に見えるんですが、この場所だと危なくて、ちょっと……」

「で、つまり運転はできるのか、できないのか」

「できないですね」

「じゃあどうすればいい。もっと照明を増やせってか」

「そうしていただければ助かります」

阿呆ぬかせ。ライトを一つ設置するのにどれだけ時間がかかると思っているんだ。そもそもこのシーンのポイントの一つは、薄暗い画面であることなのだ。

「絶対に無理か」

「速度がものすごくゆっくりでいいならできそうですけど」

「ゆっくりって何キロだ」

「五キロぐらいですかね」

阿呆ぬかせ、とおれは内心で繰り返していた。それじゃあ映画にならない。

仕事帰りに何者かに尾行され、路地に追い詰められ、駐車場へと逃げたところで、車に襲われる。この一連のシーンは、実は主人公が見た悪夢という設定だった。

だからセダンは無人なのだが、何にしても速度が足りないのでは迫力が出ない。カメラにぶれを加えるなどすれば、ある程度までスピードをごまかせるが、五キロではそれも無理だろう。

「とりあえず、そこから一度出ろ」

周囲にいたスタッフが駆け寄ってきて、車のドアを開けた。

運転席のシート横についているファスナーを下ろし、座席の中に入っていたスタント・ドライバーの腕を支えてやりながら、彼を外に出す。

この赤いセダンのドライバーズシートは、背凭れ部分の表面カバーを外して、中を人間の形にくり抜いてあった。その中にスタント・ドライバーが収まることができるように改造されているのだ。

運転するときは、シートから腕だけを出し、ステアリングの最下部を指先でつまむようにして行なう。それでも不自然な部分がカメラに映ってしまうようなら、ハンドルの両脇部分に細い紐をかけ、それを下から引っ張って運転できるように細工する。

こうすれば、どの位置からカメラで運転席を狙っても、人が乗っているようには見えない。

シートの中に入っているドライバーは土岐田将という名の、三十をちょっと過ぎた男だった。元々はどこかの劇団にいたらしく、チャンスがあれば、スタントマンではなく普通の役者に転身したがっていた。その夢がかない、本作には端役ではあるが顔を見せての出演も果たしている。

クランクイン前にスタッフが集まって開いた飲み会では、「ゆくゆくは香港や台湾の映画界に進出したいんです」と、なかなか壮大な将来のビジョンを語っていた。

大成できる役者はほんの一握りだが、この男は案外ものになるかもしれない。運動神経はいいから、所作はなかなか決まっている。あとは台詞回しの訓練を積めば、嫌味のない二・五枚目的な風貌と相俟って、それなりの俳優に育つ見込みはある。

「照明を増やす以外に手はあるか」

どうしたもんかなあ。頼りない声で呟き、スタントのスタッフは頭を掻き始めた。土岐田と同じく彼らも全員がまだ三十代前半と見える若い連中だ。つまり経験不足で頼りにならない奴らということだ。

おれはこれ見よがしにため息をついてみせながら、今日の予定を頭の中でざっと整理してみた。

クランクインしてから毎日がそうなのだが、今日はとくに大忙しだ。

この無人車が走るシーンを終えたら、すぐスタジオに入り、午前七時から主演俳優たちが出演する食事シーンの撮影に臨む。

そのあとには、ヒロインが廊下を歩く場面と、火災現場で死体が見つかるシーンも撮らなければならない。

それらを午後五時までに全部フィルムに収めないと、人件費が余計にかかり、たちまち予算を超過してしまう。わずかでも気を抜けば、おれの頭上にプロデューサーの雷が落ちるというわけだ。

「ありますよ。方法なら」

声がした。おれの背後からだった。

首だけを少し捻り、横目で韻の顔を見据えた。

「どんなだ」

こっちの視線は殺気立っていたはずだが、

「簡単ですよ」

そう答えた韻は少しも表情を変えはしなかった。

「普通に運転席に座って、うんと姿勢を低くするだけです。足は折り畳んで、背中は座面につける。そうやって、体がダッシュボードの高さを超えないようにすればいいんです」

「いや、無理ですって」

土岐田が、薄汚れたドライビング・グローブを嵌めたままの手を振った。

「それじゃあ、もっと前が見えなくなりますから。間違ってどこかにぶつけちゃいますって」

撮影のために借りている駐車場だった。周囲には何台か他の車が駐(と)まっているが、どれも一般客のものだ。絶対に傷つけるわけにはいかない。

「その姿勢だったら、運転席からは上しか見えませんて」

「上が見えれば十分でしょう。そこに目印があれば」

おれはこのとき初めて韻の方へ、ちゃんと振り返った。

同時に土岐田も、あっと小さく声を上げた。

「なるほど、天井にバミるわけか」

場見(ばみ)る。本来「俳優の立ち位置に目印をつけること」を意味する業界用語をぽつりと呟き、土岐田は軽く手を叩いた。

「いいですね。それでいきましょう」

3

「このば……ろう」

「何だって？　ぜんぜん聞こえんぞ」

「このばかやろう」

「もっとはっきり言えんのか」

「この馬鹿野郎」

「まだ声が小さい」

「この馬鹿野郎っ」

「まだ聞こえんな。何を遠慮してる」

「この馬鹿野郎！」

それでいい。おれは日乃万里加（ひのまりか）の肩を叩いてやった。

日乃万里加。その芸名は、本名である真野陽（ひかり）のアナグラムだ。名字から察しがつくように彼女は真野韻の実姉でもあった。この事実を知らない者が『火種』のスタッフの中にもけっこういるのは、二人の外見があまり似ていないからだろう。

　この馬鹿野郎。その言葉を万里加から投げつけられた年配の男性俳優は、食卓を挟んだ向かい側で、さすがにベテランらしく余裕の表情で笑っている。

　経験の浅い役者の演技がどうしても硬い場合、相手役の俳優に向かって罵詈雑言を大声でぶつけさせる。これは気持ちを解放させるための、なかなか有効なテクニックだ。

　役者の準備が整ったので、おれはスタッフに声をかけた。

「そっちの方はどうだ。みんなＯＫか」

　これから撮影するのは、主人公の千種とその父親が、向かい合って食事をする場面だった。父親の方も弁護士で、クライマックスでは娘と法廷で対決するという皮肉な役どころだ。

　このセットは、二人が住む家のダイニングキッチンとして作られたものだった。弁護士親子とはいえ、けっして金持ちではないという設定だから、食事も特別に豪華ではなく、白い米飯に魚の煮付けという、ごく一般的なものだ。

　助監督の小堺から返ってきた答えが、「もうちょっと待ってください」ではなく「いや、まだです」だったため、おれはまた苛ついた声を出す羽目になった。

「今度はどうしたんだよ」

「いま気づいたんですが、ご飯がないんです」

見ると、食卓に載った茶碗の中身が、父と娘の両方とも空になっている。

「何やってんだ。すぐコンビニに行って買ってこい」

食卓に並べられる料理は、映画を引き立てる重要な役割を担っている。ここに手抜きがあると画面がとたんに貧乏くさくなってしまう。

反対に、これがしっかり準備されていれば、スクリーンに映し出される絵は豊穣なものになってくれる。

食べ物は業界用語で「消えもの」という。他の小道具や衣装なら、残ると次の映画に使える。ところが消えものは残らないため金をかけられない。

そういうもどかしい面もあるのだが、コンビニで売っている米飯の値段などたかが知れている。おれがポケットマネーから出してもいいくらいだ。

しかし、スタジオ外の店まで助監督を走らせているだけの余裕があるかどうか。

おれは頭の中で所要時間を計算した。コンビニに行って、パックに入った米飯を買い、帰ってきて電子レンジで温める。ざっと見積もって十分から十五分はロスしてしまうだろう。その程度でも、今日のスケジュールを考えれば、とてつもなく惜しい時間だ。

――どうしたらいい……。

おれはほとんど無意識のうちに背後を振り返っていた。

真野韻。彼女の出した知恵のおかげで、早朝の撮影を無事に乗り切ることができた。立体駐車場の天井に即席で貼った白い紙の目印は、スタント・ドライバーのナビゲイターとして非常にうまく機能した。

いま一つ風采は上がらないが、この女は見どころがありそうだ。もしかしたら再度いい知恵を拝借できるのではないか。

スタジオから出ていこうとする小堺に待ったをかけてから、おれは韻に手招きをした。

「どうするべきだと思う？」

「この場面は」韻はこめかみのあたりを指先で掻いた。「基本的にロングで撮るんですよね」

「ああ。だけど寄りのショットもあることはあるぞ」

「そのとき消えものは映りますか」

すぐそばにいたカメラマンに顔を向けると、彼は「いいえ」と首を振った。「そういう絵を撮る予定はありません」

「だったら本物のお米じゃなくてもいいと思いますよ」

言うなり韻は、手近にあったティッシュペーパーの箱から紙を一枚抜き取った。それをくしゃりと丸め、茶碗の中に置く。

「照明さん、ライトを当ててもらえますか」

おれがそうしてくれと合図を送ると、照明係は斜め上から食卓に光を注いだ。

「どうですか」

韻の問い掛けに、ファインダーを覗いたカメラマンが親指を立てた。

おれも覗いてみて軽く驚いた。丸めただけのティッシュペーパーが十分に本物の米飯に見える。

よくこんな裏技を知っていたな。そう声をかけてスクリプターを褒めてやるのは後回しだ。いまはとにかく撮影を進めなくてはならない。

「よし、これですぐ本番いくぞ」

「待ってください」

韻の声だった。おれがファインダーから顔を離すと、彼女はセットの一点を指さしていた。

「あれを変えた方がいいんじゃないんですか」

彼女の指先は、食卓の上に飾られた白い花に向けられている。

造花だが、真っ白い花だ。これはヒロインの生命力を象徴しているので、ぱっと輝くように徹底的に白くしてくれ。そのようにおれが指示して作らせたものだった。

「何でだ」

そう訊いたが、すぐにおれは韻の前に手を突き出し、何も答えるな、の意を伝えてやった。いまは議論をしている時間はないのだ。

「いや、あれはあのままでいい。どうして変えた方がいいと思ったのかは、あとでおれに説明しろ」

「分かりました。もう一つあります。父親のバッジも、どうにかした方がいいと思います」

主人公の父親はベテラン弁護士という設定だった。その弁護士バッジについて言っているようだ。この場面では二人とも服に法曹であることを示す徽章(きしょう)をつけたまま、向かい合って食事をすることになっている。

どちらも、ライトの光をよく反射し、鋭い輝きを放つバッジだった。これも本物ではなく小道具係が作ったものだと聞いている。なかなかよく出来ていて不満はない。

弁護士バッジのデザインは、向日葵(ひまわり)の花がモチーフになっていて、その中心には天秤(てんびん)があしらわれている。向日葵の花は正義と自由、天秤は公正と平等という概念を、それぞれ表していると聞いたことがあった。

そのバッジをどうにかしろという。韻が何を言っているのかよく分からなかったが、とにかく時間が押しているのだから、この点についても、

「問題ない。このままでいい」

そう応じるしかなかった。

食事のシーンを全体の三分の二までカメラに収め終えた。ここまでくれば、今日の万里加には、もう上がってもらって差し支えない。

「よかったよ」

おれは主演女優にそう声をかけた、本心から。

これまでの撮影を振り返ると、『火種』の手応えはいま一つだった。

唯一の救いは、主演女優、日乃万里加の存在だ。

弁護士になってすぐアメリカの企業に出張。葬式には赤い衣装で出席。仕事帰りには歩きながらビールを飲む——そういう嘘くさい設定のヒロインを、どうにか血の通った存在としてフィルムに焼き付けていけるのは、彼女の確かな演技力のおかげだ。

「明日は、法廷で証人に反対尋問をする場面だ。台詞さえ頭に入れてきてくれればいいから」

「分かりました」

残る千種のショットはみな後姿だけだから、彼女には帰ってもらい、代わりにアンダースタディの女優にセットへ入ってもらった。

その代役、池端つつみが小さく悲鳴のような声を上げたのは、食事シーンのすべてがぎりぎり予定時間内に終わり、彼女がキッチンのセットから出ようとしたときだった。

おれはスタッフたちを押しのけ、つつみの方へ駆け寄った。

「どうした」

かけた声が見事に裏返ってしまった。後姿専用の代役とはいえ、主役には違いない。怪我でもされたらたちまち撮影が滞ってしまうのだから、落ち着いてなどいられない。

「服が、びりっといっちゃったみたいです」

つつみはいま紫色の洋服を着ていた。見ると、その袖がいつの間にか小さく破れていた。テーブルを離れて立ち上がろうとしたとき、天板の角に袖口を引っ掛けてしまったらしい。

「怪我はしてないな」

「はい。大丈夫です」

おれは胸を撫で下ろしつつ、担当のスタッフにすぐ別の衣装を持ってくるように指示を出した。今日のつつみにはまだ、ちょっとだけだが出番が残っている。

「あの、同じ色の替えはありませんが……」

「何色ならあるんだ」

「赤です」

赤は駄目だ。それは明日、法廷の場面で着る予定になっている。

「ほかには」

「緑なら」

「それでいい」

スタッフが頷いて倉庫の方へ走って行くと、今度は、

「テーブルは殺したままでいいですか」

小道具係のスタッフにそう訊かれた。

おれは業界用語が嫌いで、できるだけ使わないようにしている。だが「動かないように固定する」より「殺す」の方が、発語するのに時間はかからない。正直なところジャーゴンというものは、忙しい現場ではなかなか便利に機能する。

つつみが袖を引っ掛けたのは、元はといえば、テーブルの脚が床に釘で打ち付けてあったせいだ。テーブルを自由に動かせないまま、狭いセットの中で無理に椅子から立ち上がろうとしたため、うっかり袖をびりっとやってしまったわけだ。

ああ、そのままでかまわん。口で答える代わりに小道具係に軽く手を振ってやったところ、次に顔を寄せてきたのは韻だった。

「服は変えない方がいいと思います」

なぜか今度はそんなことを、おれの耳元に囁いてくる。

「じゃあ、ちくちく裁縫して、この場で繕えってのか」

「できればそうしてください」

「そんな悠長な真似をやっていられると思うか」

あれを変えろだのこれは変えるなだの、このスクリプターは何を考えて口を出してくる

のか。彼女なりの意図があってのことだろうが、とにかくこの場は突っぱねるしかない。つつみの出番は、あと一カットだけだ。法廷での闘いに備えるべく、資料をそろえるために、弁護士事務所の廊下を書庫に向かって歩く後姿のみ。

それはこのスタジオの通路を使って、いますぐものの数分でぱっと撮ってしまうつもりだった。

袖口のほつれを無理に隠せば、歩き方にまで微妙な影響が出るだろうから、いっそ衣装を変えてしまうのが一番だ。

4

「お疲れさま」

反対尋問の演技を終え、法廷のセットを出てこちらにやってきた万里加を、おれはディレクターズチェアから立って出迎えた。

「いまの台詞回しにも迫力があったよ。上出来だ」

万里加の喜ぶ顔を期待したが、その表情は彼女が着ている鮮やかな赤い色の服とは対照的にやや曇っていた。いま披露したパフォーマンスに、どこか自分で納得できない部分でもあったのだろうか。

　言いたいことがあったら遠慮しなくていい。そう目で伝えたところ、万里加は小道具の書類鞄を胸に抱くようにしながら、緩く首を振った。

「森次監督がＯＫでしたら、それでわたしも満足です」

　言って彼女は、それまで俯きがちだった顔をつっと上げた。その小さな仕草だけで、表情から翳りをぱっと消し去ってみせたのは、役者として身につけた技の一つだろうか。

「本当か？　こっちには気を遣わなくていいんだぞ。監督は常に俳優の相談役だ」

「では申し上げますが、実は、千種というキャラクターがよく分からなくなったんです」

　おれは少しも驚かなかった。撮影の途中、特に終盤になってから、こうした悩みを打ち明けてくる役者は意外に多い。

「じゃあもう一度、脚本の内容をざっと確認しておこうか」

　おれたちから少し離れた場所には、万里加とまったく同じ赤い服を着たつつみも佇んでいた。参考までに彼女の耳にも入るよう、おれはやや声を大きめにして続けた。

「ストーリーをざっと説明してごらん」

「はい。主人公の千種には双子の姉、千帆がいました。あるとき千帆が首を吊って自殺をします。何が姉を自殺に追い込んだのか。千種はその謎を探ろうとしますが、皆目分かりません」

「そうだ。それから」

「心の傷が癒えない千種は、つらい思い出の多い日本を離れ、誘われるままアメリカへ渡ります。そこで今度は千種自身が何者かにつけ狙われるようになります」

「いいよ。そのあとは？」

「最初は逃げ回る千種ですが、アメリカの法律事務所で多く人の死に触れ、その過程で精神的に疲弊しながらも、反面では強くなっていきます」

「どんな死に触れた？　そこをもっと詳しく」

「はい。弁護士として、最初は狂言殺人、次は他人が犯した本当の殺人を経験します。やがて、ある事件で自ら殺人の幇助までやってしまいます」

「そして？」

「そしてついに、姉を死に追いやった相手を突き止め、その人物を自分の手で殺すに至ります」

「そのとおりだ。こうやって物語をおさらいすれば、主人公はどんなキャラなのか、自分なりに言葉にできるんじゃないか」

「はい。つまり千種は……弁護士でいながら法律の外側へと道を逸れていくキャラクターなんですね」

「そういうことだ。それが人物としての核の部分だから、きみは常にそこを忘れないで演技をすればよかったわけだ。振り返ってみてどうかな。できていたと思うかい」

「ええ、たぶん。――ありがとうございました。いま監督とお話しできたおかげで、霧が晴れたみたいな気がします」

「何よりだ。――さてと、あとは二つのシーンを残すのみだな、きみの出番としては」

一つは、自分の部屋に帰った千種が気晴らしにゴルフのスイングをする場面。

そしてもう一つは、千帆が首を吊る場面だ。

「自殺の方はドキドキものだな」

「そうですね」万里加は胸に手を当てた。「とても緊張しています」

「いや、きみにはその必要はないって。ぼくが言ったとおりに動いてくれさえすればいいんだから。自主練習なんかもしなくていいからね」

「分かりました」

万里加の発した返事の声は、やや上擦(うわず)っていた。

千種ではなく、その姉、千帆になって首を吊る。それが万里加に残された最後の仕事だった。

役者に縊死(いし)のシーンを演じてもらうとなると、撮る方はかなり緊張する。世界の演劇、映画界を見渡せば、首吊りのシーンでは、過去に何度か事故が起き、役者が命を落としていた。

専用のハーネスを使い、安全性を十分に考慮して演技をしてもらうわけだから問題はないはずだが、それでもいまから身の引き締まる思いでいなければならない。

演じる側となれば緊張に恐怖が加わる。その恐怖を、万里加は必死に押し隠そうとしているようだった。

万里加――。

容姿という点では、この業界で特に際立ったものではない。しかし、どんなアクションをやらせても身のこなしが自然で、所作の一つ一つが絵になる女優だ。本当の演技力とはこういうものだと、彼女の動きを通して思い知らされる。

強いて欠点があるとすれば、演技についてあれこれ不必要なまでに悩んでしまうということぐらいか。しかも性格が真面目（まじめ）すぎる。練習をする必要はないと言っても、陰でこっそりやってしまうのが日乃万里加という女優だ。

楽屋へ引き上げていく彼女を見送ったあと、おれは、

「よし、それじゃあ、昼の休憩だ」

小堺にそう伝えた。そしてそばにいた韻の華奢（きゃしゃ）な背中にはこう声をかけておいた。

「これから〝芝刈り〟に行ってくる。午後三時になったら迎えにきてくれよ」

5

幸いにも、ゴルフの練習場は撮影所から徒歩で行ける場所にあった。打席からネットまで五、六十ヤードくらいしかない小さな施設だ。

そこが、おれにとって生まれて初めて足を踏み入れるゴルフ練習場だった。

まずは、入り口で受け付けのスタッフから番号入りのカードを受け取った。

クラブを何本か借りたあと、その番号の打席まで行って荷物を下ろしたら、ボールのチケットを、後部に鎮座している緑色の大きな機械の中に差し込む。

このとき、バスケットをボールの出口にあてがっておく。

すると口の部分から、五十個ばかりのボールがどかどかと出てくる。

それを今度は、球送りマシーンの中に入れてやると、一個一個ボールがティアップされる。

そういう仕組みになっているのだということを、おれは頭の中でメモ帳を開き、しっかりと書き留めておいた。今後手がける映画の撮影で、どんな知識が必要になるか分からない。だから初めて体験したことは、できるだけしっかり記憶しておこうと常々心がけているのだ。

迷うことなく、最も長くて最も飛びそうなクラブを握った。これをドライバーと呼ぶことくらい、初心者のおれでも知っていた。

おれは誰から何のアドバイスも受けることなく、見よう見真似で構えに入り、記念すべき第一球と対峙した。

振る。

クラブヘッドは空を切った。

もう一度振る。

かすりもしない。

もう一度スイング。

今度は盛大にダフッた。文字通りの〝芝刈り〟だ。

いくらドライバーを振り回してもヘッドとボールの距離は開いていくばかりだから、かなり焦った。なぜ止まっている球を打てないのか？　理由が分からない。

ヘッドがボールにようやくかすり始めたころ、

「監督には」

背後から声がした。

「向いていないようですね、この球技」

誰の声なのか振り返らなくても分かった。韻だ。

迎えの時間は「三時」と伝えたはずだが、背後の壁に掛けられた時計に目をやれば、時刻はまだ午後二時半だった。三十分も早く来たところを見ると、おれの練習ぶりを見物し、からかってやろうという魂胆だろうか。

「相性の悪い道具は、無理して持たないに越したことはありません。演技と同じですよ」

韻はそう付け加えた。たしかに、どんな役者にも、それを手にしているといいパフォーマンスができるという、ラッキーアイテムともいうべき相性のいい小道具があるものだ。反対に、演技を駄目にしてしまうアンラッキーなそれも存在する。

「ほっとけ」

「そもそもいきなりドライバーから振り始めるのは無茶です。初心者は、短めのアイアンから入ったらどうです？　七番とか」

おれは一つ大きく深呼吸をしてから、とりあえず韻の言うとおり、ドライバーをスタンドに置き、代わって七番アイアンを手にした。シャフトの長さはだいぶ短くなったが重さはあまり変わらない。

韻の視線を気にしながら打席に戻って構えに入る。

まずはお約束の空振り。

「もっとゆっくり振ってみてください。力を入れないで、重力だけでヘッドを落とすつもりになって」

初心者が練習しているスキー場やプールなどに現れては、見知らぬ相手を前に得々と講釈をたれる――「教え魔」と呼ばれる輩が、ゴルフ練習場には特に多く出没する。そんなふうには聞いていたが、まさか自分と一緒に仕事をしているスクリプターがそれと同じ人種だとは思ってもみなかった。

とりあえずものは試しと思い、受けたアドバイスのとおり、けして急ぐことなくクラブヘッドを地面に落としてみた。

すると、七番アイアンのヘッドは小気味よい音をたてながらボールを叩き、白球は高く上空に舞い上がって遠くまで飛んでいった。

おれが思わず振り返ると、韻は腕を組んで頷いた。

「ゴルフはパワーではありません。タイミングです」

次のスイングをしたあと、打球の行方を追ったまま、背後の韻に聞こえるよう、ちょっと大きめの声で言った。

「つながりません」

彼女の口調を真似たつもりだが、あまり似ていなかった。

「何がですか」

おれはいったん打席から出た。持っていたアイアンをスタンドに立てかけ、そばにあった自動販売機の前へ行く。

小銭を入れ、小さめのペットボトルに入っている紅茶を買うと、それを韻に向かって放り投げてやった。

続いて自分用に買ったのは缶入りのコーラだった。

「これがビールだとするぞ。そして——」

おれはコーラの缶を持ったまま、自販機と韻の間を往復するかたちで何周か走ってみせてから、立ち止まり、プルタブに手をかけた。

「こんなふうに走り回ったあとで飲もうとすれば——」

プルタブを引っ張り上げて作った隙間はほんのわずかだったが、それでも中身は飛沫となって勢いよく外に出てきた。

「当然、こうなるわけだ」

缶の上部を覆った薄茶色の泡をすすりながら、おれは昨日撮影したシーンについて反省していた。

万里加演じる火村千種が、走ったあとで缶ビールを飲もうとする場面。たしかに、あの状況で缶の飲み口から中身が吹きこぼれないのでは「つながらない」。

万里加には、中身が空の小道具ではなく、本物の缶ビールを持たせるべきだった。

そう説明してから韻に訊いてみた。「切れ者のスクリプターなら、当然この点に気づいていただろうな」

「ええ」

「じゃあどうして、その場で指摘してくれなかった」

「あそこは夢のシーンですから、無理してまで現実の物理法則にしたがう必要はありません」

「なるほどな。——それにしたって、おれを間抜けな監督だと思ってるだろ?」

「いいえ、尊敬しています」

　それが韻の返事だった。

「前に言わなかったか?　お世辞は嫌いだ、って」

「本心ですよ。今日は、アパートに帰った千種がゴルフのスイングをする場面を撮るんですよね」

「ああ」

「ゴルフを知らなくても平気でゴルフのシーンを撮る。そんな監督がこの業界には多くいます。でも誰かさんは違うようですから」

　韻の言葉に、おれは柄にもなく照れてしまい、飲み干そうとしていたコーラを少しこぼしてしまった。

　まだ時間があったので、手を洗ってからアイアンを握り直した。

　力を抜いてヘッドの重さだけで振っているつもりでも、五十球を超えるころには、かなり汗をかきはじめていた。

「左腕を曲げすぎです」

「右膝が動いています」

「左足は上げなくてもいいんです。野球じゃありませんから」

ワイシャツが張りついたおれの背中に、韻のアドバイスが次々と浴びせられる。

結局、たった百球打っただけで、指先と手首が痛みだし、とてもクラブなど握っていられなくなった。初心者はどうしても不必要な箇所に力が入ってしまう。

「三時です」

撮影所に戻らなければならない時間になり、韻と一緒に練習場を出た。

彼女には一人で撮影所に戻るように言い、おれは近所の書店へ立ち寄って、プロゴルファーが執筆した入門書を購入してから戻った。

撮影所に着いても、まだ少し時間の余裕があったため、その本をすぐに読み始める。まずいことに、この金のかかる球技にすっかり凝ってしまったようだ。

周囲が何やら騒がしいことに気づいたのは、そのときだった。とてもゴルフのことなど考えていられる雰囲気ではなくなり、おれは本を閉じた。

そのうち、スタッフの一人が走り寄ってきた。

「監督、ちょっと」

どうしたと訊いても、手招きをしながら「とにかく来てください」の一点張りだ。しかも必死の形相をしている。

何かやっかいなことが起きたなと直感し、おれはディレクターズチェアから立ち上がった。

案内されたのは、四番スタジオに隣接する資材置き場だった。

省エネの名目でぎりぎりまで照明が落とされているから、常に薄暗い場所だ。

そこで最初に出会ったのは池端つつみだった。彼女は自分の口元を両手で押さえていた。

着ている服は赤のはずだが、照明が弱いため、黒衣に身を包んでいるようにしか見えなかった。

つつみの横には、ほぼ同じ背格好の女がいた。

見慣れたシルエットから、万里加だとすぐに分かった。

あれ、と思ったのは、彼女の身長に変化があったように感じられたからだ。

――こんなに上背があったか……?

訝(いぶか)る思いを押し隠し、まずは声をかけてみた。

「万里加ちゃん、こんなところで何してる」

彼女はゆっくりと、やけにゆっくりと、こちらへ振り返ろうとしていた。無言のままで。

次の瞬間、おれは悲鳴を聞いていた。

それは、おれ自身の口から発せられたものだった。

6

池端つつみがイントレの上に立った。高さは一・五メートルある。

バックには、あとから背景を合成できるよう、緑色のスクリーンを張ってある。

下に敷いたマットに、つつみが飛び下りた。

「ＯＫ」

かけた声の発語が一拍遅れた。

撮影に一週間もブランクができてしまうと、どうもテンポが摑めなくていけない。元の調子を取り戻すまで、まだ少し時間がかかりそうだ。

千種の姉、千帆の役も万里加が二役でやる予定だった。しかし、それはこうして池端つつみが演じることになった。

ただし、当初の脚本では縊死だった千帆の自殺手段は、急遽、飛び下りに書き換えられた……。

「ありがとうございましたっ」

おれやスタッフに向かって、つつみは何度も辞儀を繰り返した。

万里加の友人でもあった彼女にとって、ここまで大きな役で登板するのは、これが初めての経験だ。だから張り切りたくなる気持ちは分かる。しかし適当に力をセーブしないと午後には息切れしてしまうだろう。

クランクアップまでにはあと数カット、彼女の後姿を撮影しなければならないのだ。しゃきっと背筋を伸ばして立っているだけのエネルギーは残しておいてもらう必要がある。

午後からの撮影では、おれはひたすら意識して瞼(まぶた)を開き続けた。

画面の隅々にまで目を凝らす。それが監督の責務なのだから当然だが、意地でも目をつむるまいとしたことにはもう一つ理由があった。

一瞬でも瞼を閉じると、一週間前に見た彼女の姿が蘇(よみがえ)ってしまうからだ。

資材置き場で首を吊っていた日乃万里加の姿が——。

7

その日の午前中、おれが使っているノートパソコンに一通のメールが届いた。

『火種』が公開されてから二週目に入っていた。

現在もプロモーション活動の最中でけっこう忙しくしているが、今日だけは休みだ。

メールの差出人はスクリプターの真野韻だった。そういえば公開後、彼女とは顔を合わせていない。

メールを読んだあと、おれは街へ出て映画館に向かった。『火種』のチケットを自腹で買い、自分の監督作を観るために、最後部の座席に腰を下ろした。

客足は寂しいものだった。とはいえ、このご時勢、低予算の邦画で二週目の平日昼間なら、まあこんなものだろう。

その少ない客が示す反応を、上映終了後、おれは盗み見ることに努めた。

時間と金を返せ。そう顔にはっきり書いたまま立ち上がった者は、幸い一人もいないようだ。かといってみんな満足しているふうでもない。出口の向こう側へ消えていく客の多くが、まあ五、六十点のシャシンかな、とでも言いたげな、煮え切らない表情を浮かべている。

映画館を出たあとは、街をぶらぶら歩きながら、午前中に韻から届いたメールを思い出していた。

【「あとでおれに説明しろ」

『火種』の撮影中、わたしにそうおっしゃったことを覚えていますか。遅くなりましたが、いまその指示に従いたいと思います。

まず食卓の花です。あの花は真っ白でした。しかし、ご存じかもしれませんが、完全に白い花というのは天然には存在しません。

自然界の花のほとんどには、フラボンという黄色の色素が含まれています。ただ、フラボンの黄色には、さまざまな濃さがあって、ごく薄いと、人間の目には、淡いクリーム色、光の加減によっては白のように見えるのです。

白く見える花というのは、本当は薄いクリーム色です。完全に真っ白い花では、いかにも作り物然としていて、生命力の象徴という役割を果たさなくなってしまいます。ですから変えた方がいいと思ったわけです。

それから、弁護士のバッジについてです。新しいバッジには、金鍍金（きんめつき）がしてありますが、年月が経つうちに鍍金がはがれ、銀色になってしまうのが普通です。だから、金色のバッジの弁護士は業務歴が短く、銀色のバッジの弁護士は長いと判断ができます。

父親の方はベテランの弁護士であるわけですから、ここはちゃんとそのように見えるように作り込むことが大事だったと思うのです。

ちなみに、わざわざ鍍金をはがして、銀色にする先生もいるそうです。

そして、主人公の衣服に関しては、ちゃんとした設定があります。

原作の小説を読み込めば分かりますが、この主人公は、精神状態によって着る服を変えているのです。全体としては、あまり出来のよくない小説ですが、このような細部はなかなか用意周到に設計されています。

具体的に言うと、気持ちが沈んでいるときや落ち着いているときは低周波である赤色の洋服を、元気なときは高周波である紫色の洋服を着用しているわけです。ですから、葬式や法廷で赤色の洋服を着用するという場面があるのです。そこをないがしろにして、単に撮影スケジュールの都合だけで、その場で衣装を変えてしまったのは残念でした。】

第2章　ぼくが殺した女

1

目が覚めて時計を見ると、午後六時だった。

ざっと十時間ぐらい眠った計算になる。疲れがすっかり取れたせいか、体がふわふわと軽く、布団から数ミリ空中に浮かんでいるような錯覚があった。

最近は仕事が立て込み、疲れすぎて逆に眠れなくなっていたところだ。先日、精神科医から処方してもらった睡眠導入剤の効き目は、予想以上と言ってよかった。

和室に敷いた布団から出ると、ぼくは自分の肩を揉（も）みながら、リビングへと向かった。テーブルの上には、これまで自分が出演した映画のＤＶＤソフトが積んである。寝る前に準備したものだ。

元々はカースタントのドライバーとしてこの業界に入った。三年前、『火種（ひだね）』という映画で、チョイ役ながら顔を出して出演したところ、予想外に人気が出た。

それ以後は嘘（うそ）のように順調に仕事が舞い込んで、気がつけば、低予算の作品でなら主演を張れるまでになっていた。

スタントマンからの転身後、いままで出演した映画は二十本。準備したＤＶＤは、そのうちの四分の一にあたる五作品だ。積んであるソフトのタイトルを上から順に読み上げれば、『桜の散る海』、『絶叫マンション』、『タイム・マジック』、『軍用犬ジョー』、『山賊物語』となる。

現代ドラマ、ホラー、SF、戦争アクション、時代劇。ジャンルこそ多岐にわたっているが、この五本には共通点がある。

まず、「土岐田将主演」の文字が、どのパッケージにも、わりと大きく印刷されていること。

そして何よりも、「消えもの」のシーンがある、ということだ。つまり、ここに用意した映画には全部、ぼくが飲食物を口に入れる場面が存在しているのだった。

どれも脚本に特別な指定がなかったから、消えもの係のスタッフに頼み、できるだけ自分の好物を作ってもらった。演技中、嫌いなものは食べないに越したことはない。舌に感じる不快感というものは、どうしても顔に出てしまう。

ぼくは照明を殺し、DVDのディスクをプレイヤーにセットした。五本分、消えものシーンだけを選んで順繰りに再生していく。

そうしながら、ふと思いつき、手元にあったメモ紙に、その映画で自分が何を食べたのかを書き留めてみることにする。

『桜の散る海』――コーヒー、砂糖、まんじゅう、アイスクリーム。

『絶叫マンション』――ビール、どら焼き、ピーマン。

『タイム・マジック』――ドーナツ、ケーキ、ポテトチップス。

『軍用犬ジョー』――チョコレート。

『山賊物語』――白米、味噌汁、里芋、煮干し、しいたけ。


五本分を観終えたあと、メモに並んだ文字はそうなっていた。

ほかにも、こうして再見したおかげで初めて分かったことがある。自分の姿勢がよくないということだ。食べるときに、必ず猫背になるのだ。まるで犬のように、テーブルに顔を近づけて食べているシーンもあった。

ＤＶＤを片付け、コートを纏った。

車に乗ってスタジオの方角を目指す。

スタジオの付近ではよく、思わぬ場所に写真週刊誌のカメラマンが隠れていることがある。ヘッドライトや街灯が何かに反射してきらりと光った場合、それがカメラのレンズではないかと思い、びくりとしてしまうものだが、そういう思いを頻繁にするというのが、この場所の特徴だった。

スタジオ近くのコインパーキングに車を入れた。

コートの襟を立て、俯きがちに歩き出す。

襟の立てすぎには注意が必要だし、顔は下を向きすぎてもNGだ。ここはすぐ近くに警察署があって、よくパトカーが警らをしている区域でもある。不審者と間違われても面倒なのだ。

カメラマンとパトカーの両方に警戒の目を走らせつつ、五階建てのマンションへと入り込む。

階段で三階まで上がった。

三〇八号室の前をいったん通り過ぎ、廊下に人影がないことを確認してから、再度三〇八号室の前に立ち、インタホンのボタンを押した。

声での応答はなかった。代わりにドアがすっと開いた。

その細い隙間に体を滑り込ませると、ぼくの鼻腔が捉えたのは、ローストされた肉のいい匂いだった。ディナーの準備はもうあらかた整っているらしい。

この部屋の住人である岩槻朋奈は、料理こそ念入りに作ったようだが、

「三分遅刻」

その口から出た挨拶は、予想どおりそっけないものだった。

「すまない」

「今日は顔色がいいわね」

靴を脱ぎながら「よく寝たから」と、こっちも敢えて気のない返事をしてやった。

以前、ぼくは女優の日乃万里加に憧れていた。だが万里加はあるとき、スタジオの資材置き場で縊死してしまった。聞くところによると、演技の練習をしている最中での事故だったようだ。

そんなわけで、ぼくはしばらく放心状態にあった。そのとき何くれとなく世話を焼いてくれたのが、衣装係の朋奈だった。

朋奈との関係は半年ばかり続いた。

そしていままでは、彼女はぼくと結婚したがっている。

だが、こっちはそうもいかない事情を抱えていた。実は役者になったときから、いずれは海外で仕事をしたいと思っていたのだ。いまがまさにそのチャンスが到来した時期であり、来月から十か月ばかり台湾の映画界に身を置くつもりだった。

朋奈との別れ話はもつれたが、先週になって、やっと彼女に納得してもらえた。

そして今日、二人で最後のディナーを楽しんだら、後腐れなくさよならしよう、との約束をしていたのだ。

正直なところ、このディナーには気が向かなかった。朋奈は頭に血が上ると何をしでかすか分からない女だ。半年間の交際で、激しい喧嘩は何度も経験している。今晩も何ごともなく済むとは、ちょっと考えにくかった。

朋奈が準備してくれた料理が、手狭なキッチンに並んでいる。それをリビングのテーブルに運ぶのは、ぼくの役目だった。

皿をトレイに載せ終え、キッチンから出ようとしたとき、彼女の体が邪魔で通れなかった。

「すまないが、ちょっとわらってくれないか」

「こう?」

朋奈は、にっと頰を持ち上げて、少し八重歯ぎみの歯を見せた。

「違うって。わらうっていうのは、何かをその場からどけるとか片付けるって意味だよ。そこをどいてほしいのさ」

演劇の世界にいた期間が長かったせいか、いまだに舞台用語が頭から抜けない。

「そんなこと、もちろんこっちだって知ってるわよ。どうしたの? 冗談も通じないなんて」

「……すまない。この食事が終わったら仕事が待っているんでね。ちょっと気が立っているみたいだ」

朋奈が準備してくれた料理は、ローストした鴨肉、マッシュポテト、温野菜のサラダ、玉葱とオリーブのピクルス、そら豆のスープ、そしてメロンが半分だった。

彼女がキッチンにいるあいだ、ぼくは二人分のグラスに赤ワインを注いだ。

手を洗っていた朋奈がキッチンから出てきて、向かい側に座る。

ぼくたちはグラスを軽く触れ合わせた。

これから仕事だから、酔っぱらうわけにはいかない。ワインはほんの一口、舐める程度にして、ぼくは早々にグラスを置いた。

「『そよ風――』は順調なの」

「一応ね」

いま撮影中の作品は、『そよ風に鐘が鳴る』というタイトルで、エネルギー業界のビジネス戦争を題材にした映画だった。監督は、いままで何度か組んで仕事をしてきた森次春哉。

これにも消えもの――葡萄を口に入れる場面があって、そのシーンは今晩、スタジオで撮影することになっている。

先ほどこれまでに出演した作品の一部を立て続けに見返したのは、そのためだった。自分がものを食べるとき、どういうアクションをするのか、事前にチェックしておきたかったのだ。

『そよ風――』には朋奈もスタッフとして参加しているが、もう仕事はほとんど終わっていて、出演者の衣装に何かトラブルでも起きない限り、現場に呼び出されることはないはずだ。

食事のシーンを撮影する以上、できるだけ何も腹には入れたくないのだが、ディナーの約束をしたのは撮影スケジュールが発表される前だったから、しかたがない。それに、寝る前から何も口にしていないため、少し食べておかないと空腹でいまにもダウンしてしまいそうだった。

そんなわけで、朋奈の作った料理を、ぼくはきれいに平らげた。ただし、ピクルスにだけはまったく手をつけなかった。

朋奈はスマホで食卓の写真を撮った。そういえば、彼女は最近になってＳＮＳを始めたと言っていた。

「ぼくは撮らないでくれよ」

念のため、朋奈の撮った写真を確認させてもらった。肖像権には事務所がうるさい。スナップ写真の一枚でも下手にネットにアップされたら、叱られるのはこっちだ。

「大丈夫。あなたの指一本写ってないよ。――『彼氏と自宅でディナー中』……っと」

フェイスブックだかツイッターだか、何を利用しているのかは知らないが、いま呟いた言葉を文字として打ち込み、さっそく写真を投稿したようだ。

「名前も出さないでくれよな」

「分かってるって」

「誰にも知られてないよね。ぼくたちの関係」

うん、とすぐには朋奈は答えなかった。

「それとも、誰かにバレたのか」

朋奈は気まずそうに頷いたあと、心配するなというように手を振ってみせた。

「韻ちゃんだよ。真野韻ちゃん。あの子なら問題ないでしょ」

韻か。森次監督の下でスクリプターをやっている女だ。たしかに、彼女なら口が堅そうだ。

「だな」

ぼくが同意すると、朋奈は形のいい顎を天井に向け、ぐっとグラスを呷った。そして、

「もう一杯注いでくれない？」

返す手で、こっちにグラスを突き出してきた。

「ビールじゃないんだから、グラスをテーブルに置きなよ」

「固いこと言わないの」

宙に浮いた状態のグラスに、ぼくは赤ワインを注いだ。

その二杯目もあっという間に飲み干した朋奈は、すっかり酔いが回ったらしく、もう目の下を真っ赤にしている。

「早めに寝た方がいいんじゃないのか」

「大丈夫よ。――ねえ、まだまだ時間は余裕でしょ？　話があるのよ」

とんでもない。撮影は午後九時からだ。もう十分しかない。

だがぼくはゆっくりと頷いた。慌てるやつはスターになれない。そう先輩の役者からは教えられている。

「どんな話だい」

もう一口だけワインを舐めてから、ぼくは改めて視線を朋奈へ向けた。

彼女は右手に何か光るものを持っていた。刃物だ。食事用のそれではなく、肉を切るのに使う、先の尖った調理用のナイフだった。

その鋭い切っ先は、まっすぐこちらへと向けられていた。

ぼくたちは、しばらく無言で対峙した。

「あたし、友だちがいないのよ。本当の友だちが」

その刃物を捨てろ、と言うべきだろうが、下手に刺激してもまずい。

「……一人もかい?」

そうぼくは応じた。

「ええ。この業界は、みんな見栄を張ってばかり。少しでも自分をよく見せようと、誰もがステイタスの高い人にすり寄っていく。どいつもこいつもそんなことしか考えないから、親友と呼べる人なんて、一人もできない」

「……たしかに、そうだね」

「わたしが唯一、心を許したのは、土岐田さん、あなただけだった」

朋奈は右手を伸ばしてきた。いままで五十センチほどあったナイフとの距離が、その半分ほどに縮まる。

「これでも、わたしと別れられる？」

何か言おうとしたが、喉がひりついて無理だった。

「わたしから逃げたら、あんたの命はないのよ」

朋奈の目は完全に据わっていた。

「別れるぐらいなら、あんたを刺してわたしも死ぬ」

落ち着いた声でそう言い放ち、朋奈が椅子から立ち上がった。

一歩、こちらへ踏み出してくる。

その動きに合わせ、ぼくは椅子を引いた。

二歩目で、据わっていた朋奈の目が焦点を失った。

上半身がぐらりと揺れたかと思うと、彼女の細い体は支える力の一切を失い、ただ重力に任せて膝から床に崩れ落ちた。

2

床に横たわった朋奈を見下ろし、ぼくはほっと息を吐きだした。

ワインに仕込んでおいた薬の効きがもう少し遅かったら、本当に刺されていたかもしれない。

朋奈の体をベッドに横たえてから、ぼくは自分の腕時計で時刻を確認した。

六月四日、午後八時五十五分――それが、ぼくが朋奈を殺した時間だった。

人目に触れないよう十分に注意しつつ、彼女の部屋をあとにした。

このマンションからスタジオの入り口までは約三百メートルしかない。コインパーキングから車を出している手間を考えたら、走って行った方が早いかもしれなかった。

どうしようか迷ったが、結局、スタジオへは車で向かうことにした。息の荒い状態ではすぐには演技ができない。

ほんの短い距離を運転するあいだ、マネージャーに「いま向かっている」と携帯電話で連絡を入れつつ、深呼吸を繰り返した。

午後九時に間に合わず、数分遅刻してしまったが、幸い、照明の設定がうまくいっていないようで、まだ撮影は準備段階だった。

ライトのセッティングが整うまで、楽屋に入り、台本をチェックし直すことにした。

――「ぼくのやることは記録に残らなくていい。記憶にも残らなくていいんだ。ただ、この風力発電所だけは、自分の記念として絶対に作らせてもらう」

今日の演技で口にする予定の言葉は、なかなかの名台詞（めいせりふ）と言えた。

口をでたらめに大きく動かし、頬の筋肉をほぐしながら、何度もその台詞を繰り返す。

問題はこの名台詞を、葡萄を食べながら言わなければならないことだった。

俳優にとって、食事の場面は難関の一つだ。ただ食べるだけならいいが、台詞が絡むと面倒なことになる。

役者によっては、食べ物を無理やり飲み込んでから、急いで台詞を発する者もいる。しかしベテランの人はだいたい、口に入れたものを素早く咀嚼（そしゃく）しペースト状にしてしまうようだ。そうして顎を自由に動かせるようにし、クリアな声で台詞を発するという技を身につけている人が多い。

楽屋の扉が開いた。ドアの陰から顔を覗（のぞ）かせたのは、真野韻だった。

「土岐田さん、セット入りお願いします」

「はいよ」

楽屋に主演俳優を呼びにくるのは、たいていセカンド助監督の役目なのだが、どうしても手が離せない場合は彼女の仕事になる。

軽く緊張しながらセットに入った。

相手役の方が先に来ていた。赤城（あかぎ）りん。戦後間もないころから活躍しているベテランの女優だ。歳（とし）はたしか、今年でちょうど八十になると聞いている。

彼女が演じるのは、ぼくの母親にして発電所の建設に反対している地主というキャラクターだった。

セットは家庭の居間を模したものだ。中央に木製のテーブルがあり、その上には大粒の葡萄が置いてある。粒の大きな巨峰だ。

「土岐田さん、あなた車の運転なさる?」

テーブルを挟んで向かい合って座ると、りんがそう話しかけてきた。

まだ照明の調整が済んでいないから、リハーサルの声もかからない。こんなとき、世間話をしたがるのは、たいてい長いキャリアを積んだ役者だ。

共演者の緊張を少しでもほぐしてやろうとの配慮からだろうが、大先輩からふいに声をかけられ、かえって硬くなってしまう場合もあるから、俳優の心理というのもやっかいなものだ。

「しますよ。これまで、ずいぶんいろんな車のハンドルを握ってきました」

りんは、ぼくが元々カースタントの仕事をしていたことを知らないようだった。

「そうなの。でも油断しちゃ駄目よ」りんは両手を握りハンドルを持つ真似(まね)をした。「いつも初心に戻って運転しなくちゃ」

「大丈夫です。こう見えても無事故無違反で通していますよ」

「ならいいけど。わたしこの前ね、見ちゃったのよ、家の近くで」

「何をです」

「轢き逃げの現場」

「それは驚かれたでしょうね」

「そう。何しろ被害者はまだ小さい男の子だったから、もうかわいそうでね。足を骨折したぐらいで済んだからよかったんだけど」

「犯人を見たんですか」

「ええ。まだ若い男だった。土岐田さんよりもっと年下だったと思う。警察にも行って、見たことは全部証言したのよ。でも悔しいことに、車のナンバーまでは覚えていなくてね」

「それは残念です」

「でもね」ここでりんは声を潜めた。「この撮影所の方角から走ってきた車だったのよ。だから案外、映画関係者かもしれないわよ、犯人は」

「もしそうなら、ぼくらの身内ってことですね」

照明のセットが終わったらしく、監督の森次がぼくたちの方へ寄ってきた。

「簡単に台詞だけリハーサルしてみましょうか」

そう提案してきた森次に向かって、ぼくは「すみませんが」と言った。

「その前にちょっといいでしょうか」

「何だい」

「ここは、これからやる仕事への決意を口にするシーンですよね」

「ああ、そうだけど」

「そういう力のこもる場面に」テーブルに準備されている巨峰を、ぼくは指さした。「こういう甘い果物は合いますかね」

森次は台本を丸めて腕を組んだ。

「……なるほど。言われてみれば、そうかもしれんな」

「もっとこう、ぴりっと締まる感じが伝わる食べ物の方が、いいんじゃないんでしょうか」

「例えばどんな?」

「レモンとか、グレープフルーツとか。酸っぱいものはどうです?」

何を食べるかは脚本に明示されているわけではないから、変更は自由だろう。

「たしかにそっちの方が」森次は丸めた台本の角で頭を掻いた。「シビアな場面であることを、観客に印象づけられるかもしれないな」

どう思う? という顔を、森次は、そばに控えていた韻に向けた。

森次が気に入って手放さないスクリプターは、手に持ったストップウォッチを握り直しながら、あまり興味がなさそうに答えた。

「監督は森次さんですから」

「じゃあ、グレープフルーツでいこうか」

消えもの係のスタッフが、どこから手配したのか、ほんの十分ぐらいのうちに、鮮やかな黄色をした大きな丸い柑橘類を準備してくれた。

ぼくはそれを剝いて食べる演技をした。猫背と犬食い。悪い癖を出さないように、先ほど見た過去作の演技を反面教師としながらのパフォーマンスだ。

森次がOKを出した直後、ぼくは気分が悪くなり、トイレに駆け込んだ。いま食べたグレープフルーツをそっくりそのまま便器の中に吐き出す。

洗面台の前に立つと、吐いたものがかかってしまったらしく、着ていたグレーの背広がべっとりと汚れてしまっていた。

チリ紙で拭いたが、簡単に取れる汚れではない。

困ったまま男子トイレから出たところ、廊下に韻が立っていた。

「心配になって見にきました。もしかして、何か悪いものでも食べました？」

「それはないと思う。おそらく緊張のせいだ」

「次のシーンもやれそうですか」

「ああ、問題ない」

「いえ、駄目です」

「大丈夫だって。本人が言ってるんだから」

「駄目と言ったのは、土岐田さんのことじゃありません」

韻の視線が下にずれ、こっちが着ている背広の襟にできた大きな染みに向けられた。

急遽、替えの衣装が必要になったせいで、係である朋奈に来てもらうことになった。

「たしか、彼女はこの近くに住んでいたんだよな。――韻、電話してみてくれ」

以前は「真野」だった呼称が、いまではファーストネームに変わっている。そんな森次のお気に入りである韻は、首からぶら下げていたスマホを素早く耳に当てた。

しばらくそうしていたが、森次の方を見ながら首を横に振る。

応答するはずがない。朋奈はさっき、ぼくが殺してしまったのだから。

「監督」韻は森次との距離を詰めた。「彼女のマンションまで行かせてください」

そこまでしなくていい、と森次は言うのだが、韻は聞かない。朋奈に何かあったのではないかと、かなり心配している様子だ。

結局、森次を押し切り、韻は出て行った。

「しょうがない奴だな」

また丸めた台本で頭を掻いた森次の耳に、ぼくは口を寄せた。

「真野さんがいなければ仕事になりませんよね」

「まあね」

「じゃあ、彼女が戻ってくるまでのあいだに、ラッシュを見せてもらえませんか」

自分の食べる演技が、意図したとおりのものになっているかどうか、気になってしかたがなかった。

「そうするか」

いま撮影した映像は、監督のノートパソコンでもチェックできるが、スタジオ二階にある調整室で観ることも可能だ。他のスタッフたちには森次の口から休憩を告げてもらい、ぼくは森次と一緒にスタジオの階段を上って二階に行った。

調整室には、自由に使えるモニターがいくつか並んでいる。その一つに、先ほど撮影した映像を、森次が映し出してくれた。

ぼくの背筋は伸びている。意図したとおり、台詞の勇ましさにふさわしく、我ながら堂々の演技になっていたので安心した。

「どうですか、これで」

ぼくは森次に訊(き)いた。韻なら冷静な目で画面をチェックし、以前撮ったパートと比較しつつ、

——つながりません。

の決め台詞を言うところかもしれない。だが、森次は自分の撮った絵が可愛(かわい)いのか、表情を緩ませている。

彼はそそくさと調整室を後にする。


「ああ。つながってるね」

森次がそう返事をしたとたん、彼の携帯が鳴った。小道具のスタッフに呼ばれたらしく、彼はそそくさと調整室を後にする。

ぼくも部屋から出ようとしたが、ちょうどそこへ韻が入ってきた。

「どうだった。岩槻さんはいた?」

「いいえ。何度もドアをノックしましたが、出てきませんでした」

「そうか……。どこへ行ったんだろうね」

「変です。何かあったんだと思います」

韻はそばにあったマイクに手をぶつけた。いつも冷静な彼女にしては、珍しく落ち着きを欠いている。

「近所のコンビニにでも出かけたんじゃないかな。そのうち戻るよ」

韻は脱力したように、すとんと手近にあった椅子に腰を下ろした。

ぼくは立ち上がり、「ああ、そういえば」と韻に声をかけた。「さっき撮った場面ね、監督によれば、不自然なところはないそうだよ」

「……そうでしょうか」

「と言うと?」

「つながってませんよ」

3

ぼくは韻の隣にある椅子に腰を下ろした。

「どこがだい？」

「土岐田さんのおっしゃるとおり、映像はつながっていました」

そう韻は言った。再生した絵を目にしなくても、撮影中の演技をじかに見ていたから分かるのだろう。

「でも、わたしの記憶の中ではつながっていないんです。――『桜の散る海』、『絶叫マンション』、『タイム・マジック』、『軍用犬ジョー』、『山賊物語』」

いきなり韻が口にしたのは、先ほどぼくが自宅で見返してきた映画のタイトルだった。

「……その映画、全部観てくれたの」

「ええ」

「嬉しいね。もしかして、ぼくのファンなのかな」

この軽口には取り合わず、韻は片手の指を広げてみせた。

「いま言った五本には、共通点があるんです。お分かりですか」

「いや」

「消えものですよ。どれにも、土岐田さんがものを食べるシーンがあるんです」

「なんだ、そんなことか。だったらもちろん承知していたよ」

「でしょうね」

韻はメモ帳を取り出した。

ボールペンで文字を書き始める。スクリプターとはつまり記録係だ。仕事のなかで鍛えられたということだろう、彼女が筆記するスピードは凄まじいものだった。そのくせ文字の形に乱れはない。

『桜の散る海』――コーヒー、砂糖、まんじゅう、アイスクリーム。

『絶叫マンション』――ビール、どら焼き……。

彼女の手が止まったとき、メモ紙に並んでいる文字は、ぼくがここへ来る前に自宅で書いたものとまったく同じだった。

「これって、もしかして」

「はい。土岐田さんが作品の中で口にした食べ物です」

「……そこまで覚えていたんだ、全部」

思わずぼくは、ほうっと息を吐きだしていた。スクリプターという人種の記憶力を称賛する掛け値なしのため息だった。

「これで一つ気づいたことがあります。――普通、味の種類には、甘味、酸味、塩味、苦味、うま味の五つがありますね」

「ああ。ぼくの人生は苦味だらけだけどな」

韻の眉毛がすっと下がった。視線がきつくなる。やはりこの場の空気は、軽口を叩けるものではないようだ。

「土岐田さんが映画で食べたものを見ると、酸味だけがきれいに抜けているんです」

「……言われてみれば、そうだな」

「だから、ずっと土岐田さんは酸っぱいものが嫌いだと思っていました。でもあなたは今日、いきなりグレープフルーツを自分から提案しました。うんと酸っぱいものを、です」

「……つながらないってのは、そのことか」

頷いて韻はスマホを取り出した。

「それにしても、朋奈さんの応答がないのは変です。この時間は部屋にいるはずなのに。わたしは、彼女が何か事件に巻き込まれたような気がして、しょうがないんです」

そんな言葉を口にすると、韻は、スマホに映った写真をこちらに見せてきた。いま彼女が開いているのは某SNSのサイトらしく、

【彼氏と自宅でディナー中】

ぼくが朋奈を殺す前に彼女がアップした写真が、そこには掲載されていた。

「朋奈さんが最後に投稿した写真がこれです。この【彼氏】がきれいに残しているものが

あります。何だかお分かりですか」

ぼくは頷きながら、写真の中にある一点を見つめた。ピクルスが盛られた皿を。

「これが何を意味しているか、ご理解できますよね」

「岩槻さんの【彼氏】は酸っぱいものが苦手、ということだな」

「そうです。【彼氏】の姿は写っていませんが、これは土岐田さん、あなたですね」

「……そうだ。このことは誰にも漏らしていないだろうね」

「ご心配なく。わたしは他人の恋愛にまったく興味がありません」

その言葉は本当だろう。そして、韻は自分の恋愛にすら興味がないに違いない。ぼくが見たところ、彼女が愛を注いでいる対象はスクリプターという仕事と映画だけだ。

「これでますます、土岐田さんが酸っぱいものが苦手であることがはっきりしました。でも先ほどあなたは、自分からグレープフルーツを希望した。なぜでしょうか」

「……それはさっき森次監督に言ったとおりだよ。葡萄よりそっちの方がシーンの内容にふさわしいからさ」

「本当にそうですか。もしかして、ごまかそうとしたから、ではありませんか。【彼氏】が自分ではないと主張したかったのでは？」

「だから吐くほど無理して苦手なものを口に押し込んだ——そう言いたいのかい」

「ええ」

ぼくの喉が勝手にごくりと大きな音を立てた。

「土岐田さんは朋奈さんに何かをした。そして部屋から立ち去った。そのあとで気づいたことがあった。食事を残してきたことです」

ぼくは床に目をやった。韻の視線が痛かったからだ。

「現場にはピクルスだけが残っている。それはすなわち、朋奈さんの食事の相手は酸っぱいものが苦手ということを物語っている。それは自分の特徴と一致している。これでは都合が悪いと思った。警察に見られたらまずい、と」

息苦しくなり、ぼくはワイシャツのボタンを一つ外した。

「だからなんです。自分は酸っぱいものが食べられる。それをさりげなく周囲にアピールしようとしてグレープフルーツを提案した」

「だから?」ぼくは声を絞り出した。「つまりは何を言いたいんだ」

「言いたいことは二点です。朋奈さんに何かあったとすれば、最も怪しいのは土岐田さんだということ。そして、一緒にいたことを隠蔽しようとする以上、何かあったに違いないということです」

「つまり、食事中に口論になり、ぼくが朋奈を殺した、とでも言ってるのかな」

韻は頷きこそしなかった。ただし否定もしなかった。

「それできみは、ぼくをどうするつもりだ」

「どうもしません。もし朋奈さんに、犯罪と呼べるようなことをしたのなら、自首するなり、逃げるなり、自分で決めてください」

「……分かった」

ぼくはスタジオの扉を開けた。午前九時。東の空はもうとっくに明るくなっていた。

撮影所の門から出てすぐのところで、

「失礼ですが、土岐田将さんでしょうか」

そう声をかけられた。

振り返ると、そこに立っていたのは十三、四歳と見える少年だった。

中学生だろう。今日は平日だが、学生服ではなく普段着姿でこのあたりをうろついている。すると創立記念日か何かで学校が休みなのかもしれない。

「お忙しいところ、たいへんすみません。あつかましいお願いですが、サインを頂戴できませんか」

生意気な年少者が増えた昨今、この少年の態度と言葉遣いには好感が持てた。

「ああ、かまわないよ」

少年が校章の入ったスポーツバッグをがさごそとやって、小さめのノートを取り出した。

それと一緒に差し出してきたのは、サインペンではなくシャープペンシルだった。

　その二つを受け取って自分の名前を書いた。サインをするのにシャーペンを使ったのは、おそらく初めての経験だ。

「きみの名前を教えてもらってもいいかな」

「石丸ナオヒデです。直線の直に優秀の優でお願いします」

「優じゃなくて秀だよね」

「そうでした、すみません」

　石丸少年は頬を赤らめて俯いた。こんなふうに緊張してもらえたのが、ぼくには嬉しかった。それだけ名の知れた役者になれたということだ。

「きみは中学生だね。今日は学校が休みかい」

「はい。来月スタジオを見学させてもらいたくて、その申し込みをしに来ました」

　学校では映画クラブに所属しています。いま自主製作のSFものを撮影中なんです、と石丸少年は付け加えた。

「見学の申し込みなら、まず守衛さんに話をするといいよ。門を入るとすぐに詰め所があるから、そこにいる。言えば、守衛さんがスタジオの総務の人を呼んでくれるはずだからね」

　そう教えてやりながらサインを終え、シャーペンとノートを返す。

　握手のサービスもしてやってから映画好きの中学生と別れ、ぼくは先を急いだ。

途中にある警察署の前まで来ても歩速を緩めはしなかった。

朋奈に薬を飲ませ……殺した。

それはたしかだが、自首する必要などない。

朋奈のマンションに戻った。

合鍵を使ってドアを開ける前に、深呼吸をして息を整える。

ドアを開けた。

リビングに入り、隣の部屋にあるベッドの傍らに立つ。

ぼくが出てきたときと同じ姿勢で、朋奈は横たわっていた。

床に跪き、彼女の手を握る。

「きみは幸せだよ」目をつぶってそう呟いた。「真剣になって心配してくれる友人がいて」

ぼくは目を開けた。

朋奈の顔が視界に入る。

先ほどまで静かに閉じられていた彼女の目はいま――薄く開いていた。

「やっと起きたね」

朋奈は何ごとかをむにゃむにゃと答え、大きく伸びをした。

「いま何時?」

「もう朝だよ。なに、ゆっくり休めばいいさ。今日も仕事はオフだろ」

寝すぎた、という顔をして朋奈はベッドから降りた。少しふらつく。

「ぼくを許してほしい」

興奮するだろうことを見越して、ワインに睡眠導入剤を混ぜておいたんだ。そう正直に告げ、頭を下げる。

「こっちこそ、ごめん。刃物なんか持ち出して」

朋奈も素直に謝った。一斉に垂れた彼女の長い髪が、小さな黒い滝のように見えた。

ぼくは内心で胸を撫(な)で下ろした。思ったとおり、一晩ぐっすり眠ることで、落ち着きを取り戻してくれたようだ。

朋奈が自分で自分の体を抱く仕草をした。

「……寒い」

いまは六月だが、今日は特に気温が低い。

「ごめんよ。必要ないと思って、昨晩出ていくときエアコンは殺しておいた」

スイッチを切ったり、ものを固定して動かないようにすることを意味するジャーゴンを使って、ぼくはそう応じた。

——ちょっと、あんまり物騒なこと言わないでよ。

そんなふうに、それが業界用語であることに気づかないふりをして、朋奈はまたおどけてみせるかとも思った。だが、眠気の抜けきらない様子のいま、そこまでの余裕はないらしく、毛布を掻き寄せる仕草をしただけだった。

そうしてから、彼女はぽつりと言った。

「わたし、田舎に帰るね」

「ちょっと待てよ。そんなことしたら悲しむ人がいるぞ」

「誰?」

「本当の友だちだよ。きみの」

持ち前の推理力を発揮し、必要以上に心配してくれた人がいたとしたら、きっと親友と呼んでいいはずだ。そう思いながら、ぼくはエアコンのスイッチを入れてやった。

第3章　落下の向こう側

七月*日（日曜）晴れ

今日は朝から夕方まで、自宅の裏庭にある車庫で、撮影の下準備に追われた。

鋸を使ってずっとギコギコと板を切っていたから、いまでも手がちょっと痺れている。

服が木屑だらけになったぼくを見て、隣のおばさんは「家でも建てるの？」と笑っていた。

——家？　違いますよ。ぼくが作ろうとしているのは映画です。

そう教えてやったら、おばさんはどんな顔をしただろうか。

相棒の仲本くんが、やっと姿を見せたのは、昼過ぎになってからだった。

「明日の見学、楽しみだよな」

軽く挨拶を交わすなり、彼は暢気にそんなことを言い始めた。

明日の放課後は、学校の近くにあるT撮影所へ、一年生の映画クラブ員が全員で見学に行く予定になっていた。全員といっても、映画クラブの一年生は、いまのところ、ぼくと仲本くんの二人だけなのだが。

先輩の話では、この見学は、毎年、一学期中に行なわれるY中映画クラブの恒例行事なのだそうだ。

「誰に会えるかな」

仲本くんは監督や俳優の名前を口にした。みんな有名な人ばかりだった。

先月、見学の申し込みに行ったとき、ぼくは俳優の土岐田将に会った。そのときもらったサインを見せてやったが、仲本くんの反応はいま一つだった。彼が好きな役者は、主演級ではなくバイプレイヤーに偏っているからだ。

「その話はあとにしよう。とりあえず、こっちを手伝ってよ」

二メートル四方に切った板を、二人で立たせた。厚みが一・五センチもあるから、けっこう重かった。

裏庭の車庫には、以前、父親が仕事で使っていた白い軽トラックが一台置いてある。

軽トラックは、横から見るとノーズ部分がすとんと垂直、つまり平らになっていて、しかもグリルの部分は網状なので、ここに針金を通すことで、この板を取り付けることができるはずだった。

実際にやってみると、板に重量があるせいで位置をなかなか安定させられなかったが、仲本くんと二人がかりなら、どうにかなった。

「この〝装甲板〟だけど、あと何枚作ればいいんだよ?」

ぼくが書いた脚本によれば、《ハンター》が乗るビークルの車体は、前後左右の全面が装甲板で覆われている、という設定になっていた。板には無数に釘を打ち付けて、狂暴な感じを出すつもりでもいる。

だけど……。前面の一枚だけでこれほど苦労するとなると、脚本が間違いだったのではないかと思わずにはいられなかった。

「あと五枚は必要だね。どうしよう」

「無理はしない方がいいんじゃないのか。装甲は前面だけにしたらどうだ」

それでは間抜けな乗り物になってしまうけれど、時間が足りないのだからしょうがない。もっとも、プロの人がやる映画作りでも、予定の変更なんて起きて当たり前らしいので、気にすることはないだろう。

ぼくは車庫の壁にかけてある軽トラのキーを手にしながら、仲本くんに「覚えてる？あの映画」と話しかけた。

「どの映画だよ」

「『マッドマックス』の最初のやつ。終わりの方で、バイカー軍団のボスとトラックが衝突するシーンがあるよね」

「あるな」

「あの場面で使われたトラックって、フロント部分に板が取り付けてあるんだよ」ぼくは軽トラックを指さした。「ちょうどこんなふうに」

「え、そうだったか」

「そうなんだよ。ライトとかグリルとかバンパーが、その板にペンキで描かれているんだ」

映像を止めてみると、絵であることがバレバレで、思わず笑ってしまうが、夢中になって観ていると、案外気づかないものだ。

「何でそうしたんだ？　スタントマンの安全確保ってわけか」

「いや、スタントマンじゃなくて、トラックの方を傷つけないためだったらしいよ。――じゃあ、試運転をしてみる」

ぼくは軽トラックの運転席に座ってエンジンをかけた。

この軽トラックは、父親の目を盗んで小学生のころから運転している。もちろん、家の裏庭だけで、の話だ。何度か見つかって叱られているが、面白いのでなかなかやめられなかった。誰も見ていなければ、こっそり家の敷地を出て、道路を走ってみたいと思ったりもしている。

ギアをローに入れ、アクセルを踏むと同時にクラッチをつなぎ、そろそろと軽トラを車庫から出してみた。

両親は親戚の家に行っていて留守だった。でも、いつ帰ってくるか分からないからドキドキものだ。もし親父に見つかったら、今度こそ特大級の雷が落ちるだろう。

「いっそのこと、道路でこっそり撮影してみようか」

調子に乗って、ぼくはハンドルを握りながら、そんなことを仲本くんに言った。

　ぼくの家は川沿いに位置していて、裏庭の北側が河原の土手になっている。裏庭からは土手に続く道が作られているので、軽トラを土手へ出すことは可能だった。土手には、幅は狭いけれど、きちんと舗装された道路が走っている。

「やめとけって。運転しているのが中坊だと分かったら、全国ニュースになっちまうぞ。おれたちはそろってこれだ」

　仲本くんは、体の前で両方の手首をそろえる仕草をした。

「だよね。じゃあしょうがない。この車はここでゆっくり進ませてあとはカメラの方を動かして、なんとか疾走しているように見せかけるしかないね」

　板の一部は、ちゃんと前が見えるよう、横長にくり抜いてある。けれど、実際に運転してみると、視界が狭すぎた。もう少し覗ける範囲を広くしなければ、ちょっと怖い。

　こっちの不安を察してか、仲本くんは心配げに顔を曇らせた。

「大丈夫か」

「問題ないよ。でももうやめとく」

　進んだ距離は、ほんの四、五メートルといったところか。そこでブレーキを踏み、ぼくは軽トラをバックで車庫に戻した。

「それにしてもよ、映画のなかに中学生が車を運転しているシーンがあったら、審査員も驚くだろうな」

「けしからん、とか言われて、失格になるおそれもあるけどね」

「そこは一か八かの賭けさ。でも、道路上じゃなければ、免許がなくても運転していいんだろ」

「いいって何かの本に書いてあった」

「だよな」

「でも心配。もし法律違反だったらどうしよう」

「じゃあ念のため、警察に電話で訊いてみるか」

「電話で済むかな？　どんな映画を撮っているんだって訊かれるかも。そのときすぐに現物を見せられるように、スマホを持って直接、警察署まで行った方がよくない？」

「だな。そうするか」

「だけど」

「何だよ」

「本当は法律に違反していないのに、下手に話を持ち出したせいで、危ないからやめろ、なんて言われたら面倒くさくない？」

　そんなふうにぐだぐだと相談した末、結局、警察には行かないという結論でまとまった。

「ところで仲本くん、役作りはうまくいってるの？」

　そう言いざま、ぼくは彼にスマホのレンズを向けた。

「よーい、スタート。はい、泣いて」

仲本くん演じる《ターゲット》は、ぼくが演じる《ハンター》に追われている途中で、恐怖に耐え切れなくなり、思わず泣き出しそうになる。そういうシーンを脚本に入れたのだが、仲本くんは泣く演技が全然できなくて困っていたところだった。

《ターゲット》は顔を歪めてみせた。

それを見て、ぼくは指でバッテン印を作った。NGだ。

仲本くんの演技は表情を作っただけのもので、しかもそのやり方が大仰だから、かえってウソ泣きにしか見えなかった。

「悪いな。この場面を撮るのは、もうちょい待ってくれよ。——あとは、完成までに何をしなきゃいけないんだっけ？」

「ぼくらの巻き添えで死ぬ人の撮影」

「そうだったな。できるだけ斬新な撮り方をしたいよな」

「したいよね。観た人をわっと驚かせたい」

「じゃあ、今日のうち、タニさんに頼んじまうか」

「賛成」

ぼくたちは、二人で土手の方に向かって歩いた。

河原に出てみると、ほど近い場所に橋があり、その下に小さな家が建っていた。いや、その家は段ボール紙でできているのだから、建っていたというより置いてあったと表現した方が正確だ。

段ボールハウスの脇には、釣りで使う小さな椅子が置いてあって、そこに男の人が一人座っている。ぼんやりした様子で何をするでもなく、ただ川の流れに目を向けているところだった。年齢は六十歳ぐらいだろう。だけど、ホームレスの人は実際よりも老けてみえるようだから、本当はもっと若いのかもしれない。

大人たちはどこかであの人の名字を聞きつけたらしく、この近所の人はみんな彼を『タニさん』と呼んでいた。

ハンターとターゲットの争いに巻き込まれて高い場所から転落する人、というのが脚本に出てくる。その役を、ぼくらはタニさんにやってほしいと思っていた。

ハンター対ターゲットのバトルは人知れず行なわれるので、巻き込まれて犠牲になる者も、孤独でひっそり生きている人がよかった。タニさんこそ、イメージにぴったりなのだ。

それに、今回の応募にあたっては、クラブ費から一万円が支給されている。このお金の中から、タニさんに、ちょっとだけだが出演料を支払うこともできる。彼だって少しは助かるだろう、とぼくたちは考えたのだ。

「あの、すみません」

ぼくは緊張しながらタニさんに声をかけた。

「……ん」

タニさんは、ぼんやりした目を向けてきた。

「……何か用？」

彼に、ぼくらを警戒する様子はまったくなかった。ホームレスが少年に襲われる事件がときどき起きているというのに、こうまで無防備なのは、ニュースに触れる機会がないからか。それとも昼間から酔っぱらっているせいか。たぶん後者だろう。タニさんの足元にはビールの缶がたくさん転がっている。

「よかったら、映画に出てもらえませんか」

七月＊日（月曜）薄曇り

今日の放課後は、予定どおり仲本くんと一緒に、T撮影所へ見学に行った。

第一スタジオという建物の中を見せてもらった。そこでは『そよ風に鐘が鳴る』というタイトルの映画を撮影しているところだった。

「もうすぐ休憩時間になるから、スタッフの人に話を聞いてみるかい」

案内係の人がそう言ってくれたので、ぼくたちはもちろん「お願いします」と答えた。

広いスタジオ内にある隅っこの暗がりに、案内係の人は、『そよ風――』に参加しているスタッフの一人を連れてきてくれた。

女の人だった。年齢は三十ぐらいだと思う。

コンビニのサンドイッチを手に持って、ぱくついていた。

「食べながらじゃあ不躾かもしれないけれど、これぐらいは勘弁してね」

案内係の人は、女の人が持っているサンドイッチを手で軽く指し示して言った。

「ここで働いている人たちは全員、とても忙しいから、食事はちょっとした合間にとるしかないんだよ」

その女性スタッフを見て、たぶん助監督だろう、とぼくは見当をつけた。だから少しがっかりした。本音を言うと、ぼくも仲本くんと一緒で、できれば監督か俳優さんから話を聞きたかったからだ。でもよく考えてみたら、そういう特に大事な立場にいる人たちが、貴重な休憩時間をつぶしてまでも、中学生の相手なんかをしてくれるはずもなかった。

案内係の人は、女の人を「スクリプターの真野韻さんです」と紹介してくれた。

助監督ではなかったようだ。それにしてもスクリプターというのは聞いたことがない言葉だった。

真野さんは小柄な人で、だぶだぶのTシャツを着ていた。結った髪がパイナップルの葉っぱみたいに先っぽを外に広げながら、頭の斜め横に飛び出していた。

重たそうな銀色のストップウォッチを首からぶら下げているし、耳には大工さんみたいに鉛筆を挟んでもいる。こんなことをやっている女の人を見たのは初めてだった。

「失礼ですが、どんなお仕事を担当しているんですか」

率直に訊いてみたぼくに真野さんが向けてきた視線は冷たかった。もっと勉強してから来たらどうなのよ？　とでも言いたげだった。

いくら映画が大好きで、こういうクラブに入ったとはいえ、まだ十三歳の中学一年生だ。実際の製作現場がどうなっていて、どういうスタッフがいるかなんて、ほとんど何も知らないのは当たり前なんだから、そんなに怖い顔をしなくてもいいじゃないか……。

「あんたら、映画部だって？」

いいえ、映画「クラブ」です。そう訂正しようかと思ったが、真野さんは、ちょっと気難しそうだったので、ヘソを曲げられても困る。どうせ「部」でも同じようなものだから「そうです」と頷(うなず)いておいた。

「石丸、仲本」

真野さんは、ぼくたちがワイシャツの胸につけているネームプレートを見て、名字を口にした。

「二人は、どこに住んでんの」

ぼくと仲本くんが住所を教えたところ、真野さんはぼくの顔を見て、

「もしかして河原沿い？」

そんなふうに訊いてきたので、はいと頷いた。

「へえ。じゃあ、わたしの近所かも。河原沿いの土手に道が走っているでしょ」

「ええ」

「あそこがわたしの通勤路」

「では、今度ぼくを見かけたら、どうぞ声をかけてください」

精一杯の愛嬌を振りまいておいた。彼女のリアクションはといえば、ふん、と鼻を鳴らすような返事が一つ。それだけだった。まあ、無視されなかっただけましかもしれない。

「で、あんたら、自分で映画を撮ったことはある?」

「あります」

初対面の女の人からいきなり呼び捨てにされたせいだろう、仲本くんがまだ軽いショックを受けているようだったので、これもぼくが応じた。

「映画クラブに入ってからいままでに三本、二人で撮りました。どれも五分ぐらいの短編なんですけど」

「あ、そ」

「それと、今月に入ってから新作を撮影中です」

中学一年生を対象とした短編映画コンクールに作品を応募するため、早朝や放課後に、スマホを使って撮影を続けています。

作品のジャンルは、男子中学生らしくSFアクションものにしました。ぼくが未来から来た若い殺し屋《ハンター》役で、仲本くんが、将来重要な人物になる少年《ターゲット》役なんです。未来のVIPを、過去にタイムスリップして始末しておくという物語です。その筋自体は某有名作品から借りたものですから、独自のカラーは絵作りの方で出そうと奮闘しています。ちなみにタイトルは『時の兵士』です――。

そんなぼくの説明を、真野さんは、ものすごく興味のなさそうな表情で聞いていた。授業中のぼくでさえ、ここまでつまらなそうな顔はしていないだろうと思った。

「あんたらね、その映画――『時間兵士』だっけ？　幾つかシーンがあるでしょ。それをどういう順序で撮っているわけ？　頭から順番に？」

「そうですけど」

タイトルを微妙に間違えられたことには目をつぶり、次の言葉を待っていると、

「あれを見てごらん」

真野さんはスタジオの中心部を指さした。そこにはマンションの一室という感じのセットが組まれていた。

「いま『そよ風に鐘が鳴る』ってタイトルの映画を撮ってるところ」

「はあ」

「で、今日の午前中に撮影したのがシーン十五ね」

「それは、どんな場面なんですか」

「主人公が、長いこと誰も住んでいない家に入り込んで、古い思い出の品を探す場面。だから主役の俳優の服を埃だらけにした」

そう言うと真野さんは、食べていたサンドイッチの端っこを摘まんだ。指先にパン屑がつく。真野さんはその手を、ぼくが着ているワイシャツの肩の上まで持ってきて、指先をこすり合わせた。

パン屑がぼくの肩に降りかかる。

失礼な人だなと思ったけれど、ぼくには彼女に面と向かって文句を言うほどの度胸はなかった。

「その次に撮ったのが、シーン十四ね。これは主人公が恋人と話をする場面」

「待ってください。十五の次だから十六じゃないんですか」

「いいえ。十四でいいの。一つ前に戻った時点の場面を撮ったんだから」

「どうして順番に撮らないんですか」

「恋人役をやる女優のスケジュールが合わなかったから。映画の撮影では、これが当たり前なの。順撮りなんてしていたら、時間とお金がいくらあっても足りゃしないのよ」

なるほど、そういうものか。

「シーン十四では、主人公がまだ埃を被る前だから」

真野さんの手が伸びてきて、パン屑のついたぼくの肩を軽く払った。

「彼の衣装はきれいでなければならない」

「そうですね」

「もしシーン十五で使った埃が、シーン十四の時点ですでに服についていたりしたら、つながらないでしょ」

つながらない、という言葉の意味がちょっと分からなかった。そんなこちらの様子を察してくれたようで、真野さんはこう続けた。

「ある場面と次の場面との間に矛盾がある。そういうのを撮影現場では『つながらない』って言うのよ。簡単に言うと、そういうつながらない部分を見逃さないのがスクリプターの仕事ってことね」

「そういうことでしたら、粗さがし屋さん……みたいなものですか」

ぼくが口にした言葉に、真野さんはぷっと小さく噴き出した。こんなに不愛想な人でも笑うことがあるんだ、と分かってほっとしていると、

「じゃ」

真野さんは、面倒くさそうに手を上げて、仕事に戻っていこうとした。

「もう一ついいですか」

仲本くんが慌てて彼女を引き留めた。

「俳優さんじゃないのに、こんなことを訊かれても困ると思うんですけど」

「いいよ、言ってごらん」

「泣く演技って、どうしたらできるんでしょうか。弱っているんです。ぜんぜんうまくできなくて」

「そうなの。試しにちょっとやってごらん」

仲本くんは恥ずかしがっていたが、再度真野さんに促されて、しぶしぶと演技を披露した。例の悲惨な芝居のままだった。昨晩、練習をしたと言っていたが、ぼくに言わせれば昨日からまったく進歩していない。

呆れていると、ふいに真野さんは、またこっちに手を伸ばしてきた。今度はその手は、仲本くんの脇腹に向かっていき、そこをコチョコチョとくすぐった。

仲本くんが身をよじらせて笑う。

「それでいいのよ」

真野さんはそう言った。

「誰かに思いっきり笑わせてもらってから、急にカメラの方を向かせると、それが泣き顔に見えるから」

七月＊日（水曜）曇りのち雨

　ぼくは毎日、できるだけ細かく日記をつけている。将来は脚本も書ける映画監督になりたいので、いまのうちから文章を書く練習をしておこうというわけだ。

だけど、今朝起きたことは、思い出すのがつらい。だから今日だけは短くメモ程度の書き方にしておく。

　今日も、夜明けと共に外に出た。

まだ夢の中といった感じで頭がぼんやりしていたけれど、もうすぐ夏休みだと思えば元気も出て、そのうち眠気も消えていた。

　裏庭を通って河原沿いの道路に出てみると、仲本くんがすでに待っていた。

そして今日は、ホームレスのタニさんもそばに立っていた。

『時の兵士』のシーン二十の撮影をして、ぼくと仲本くんは、いったんぼくの家へ戻った。

そのあと、仲本くんを送るため、また河原沿いの道路に戻った。

　そこに、人が倒れていた。タニさんだった。

　道路で頭を打ったらしく、彼はこめかみから血を流していた。舗装された路面も血液で濡れていた。

　どうしようかと仲本くんと相談していると、道の向こうから誰かが近づいてくるのが分かった。

それは驚いたことに、先日T撮影所で会った真野韻さんだった。

映画の仕事は時間が不規則だ。そのときは午前五時をちょっと過ぎたころ。いまは夏だから、東の空はもうだいぶ明るい。そんな時刻に、真野さんは、仕事を終えて撮影所から自宅へ戻るところらしかった。

ぼくたちは真野さんに向かって手を振った。

この人はホームレスのタニさんという人で、ぼくたちは彼に『時の兵士』の出演者になってもらうつもりでいたんです——そう真野さんに説明しつつ、助けを求めた。

彼女が救急車を呼んで、警察にも連絡してくれた。

七月＊日（金曜）小雨

放課後、またT撮影所に出向いた。

ただし今回は、ぼく一人だ。仲本くんと一緒に足を運ぶつもりだったが、彼は体調がよくないらしく、今日は学校に来なかった。

この前、見学でお世話になった案内係の人に頼んで、もう一度真野さんに出てきてもらうことにしたけれど、『そよ風に鐘が鳴る』の撮影が難航しているようで、だいぶ待たなければならなかった。

スタジオから出てきた真野さんは、今日もTシャツ姿だった。

左手にはなぜか野球のグラブを嵌めている。親指と人差し指の間、ウェブの部分が膨らんでいるところを見ると、そこにはボールが一つ入っているようだ。

しかも、もう一つ別のグラブを右手に持っていた。

その嵌めていない方のグラブを、彼女はこっちに放り投げてよこした。

何の前触れもない動作だったから、不意をつかれ、ぼくはグラブを取り損ねてしまった。

「ちょっと付き合ってよ」

スタジオの外に連れ出され、十メートル離れたところに立てと言われた。

従うと、真野さんは今度は、ボールを放ってよこした。どうやらぼくはキャッチボールの相手をさせられるらしい。

ワンバウンドで届いたボールをアンダースローで放り返し、ぼくは訊いた。

「なぜですか」

「ん？」

「ですから、どうしてキャッチボールなんかなさっているんですか」

「予習」

「え？」

「わたし野球ってやったことないのよ。だから予習してんの」

まだ意味が分からなかった。

「いまの仕事が終わったら、次は野球ものに参加することになっているわけ」

「珍しいですね」

ぼくがそう応じたのは、最近の邦画に野球を題材にした作品がほとんどなかったからだ。

「その映画、キャストはどうなってます？」

「残念でした。有名な役者は一人も出ません」

よく話を聞いてみると、彼女の言った「野球もの」とは、社会人野球の世界を記録するドキュメンタリー映画を指しているようだった。

「真野さんのお仕事は、フィクションものばかりじゃなかったんですね」

「そう。でも、どんなジャンルでも映画は映画」

「おっしゃるとおりです。でもちゃんと予習するなんて、さすがだと思います。元々野球がお好きなんですか」

「ぜんぜん」

ゴルフのシーンを撮るため、ゴルフ未経験者の監督が、撮影前に練習場に通ったことがあったそうで、自分はその真似(まね)をしてみる気になっただけだ、と彼女は説明した。

何はともあれ、頭が切れるに違いない真野さんだが、運動の方はからっきしらしい。わずか十メートルの距離でも、彼女の手からノーバウンドで届いたボールは一つもなかった。

「この前の朝は、どうもありがとうございました。――あの人は、タニさんは、どうなったんでしょうか。何か聞いてますか？」

ぼくと仲本くんはまだ子供だから、頼りにならないと判断されたらしく、タニさんの件を担当している警察官は、ぼくたちではなく真野さんにいろいろ事情を聞いているようだった。ということは、逆に真野さんも警察から情報を得ているはずだ。

「命は助かりそうね。でも地面で強く頭を打っていて、まだ意識が戻っていないみたい」

「タニさんに、いったい何があったんでしょうか。誰かに襲われたんですか。それとも自分で倒れたんですかね」

真野さんは「分からない」と首を振った。

「用はそれだけ？」

「もう一つあります。撮影のことです。難しくて、なかなか撮れないシーンがあるんです」

「どんな？」

「高いところから人が落下するシーンです。タニさんの代役は映画クラブの先輩にお願いしました。マットレスを使って、その先輩に、上から落ちてもらったんですけど、これがなかなか上手くいかないんです。そこでプロの人に撮り方を教えてもらえればな、と思いまして」

「あ、そ」

「でも、知り合いは真野さんしかいないので、お邪魔とは思いながらも、こうして押しかけてしまいました」

「あんたたちの映画はどこまで出来たの。見せてごらん」

ぼくは持参したバッグの中からスマホを取り出した。『時の兵士』の出来上がっている部分のデータを呼び出し、冒頭から再生できるようにしてから、真野さんに手渡した。

「つながらない」

それが、作品を観て真野さんが口にした最初の言葉だった。

「どこがですか」

「この場面で、ターゲットは右手を怪我(けが)している。でもその後では左手を庇(かば)う演技をしているでしょ」

本当だった。初めて気づいた。こんな凡ミスをした仲本くんの頭を軽くはたいてやりたくなる。

「これじゃあまるで『ワイルドバンチ』じゃないの」

その映画は小学生のときにＤＶＤで観ていたが、こんなミスがあったかどうかまでは、ぼくは覚えていなかった。

「登場人物の一人が右の脚を撃たれて、呻きながら傷口を押さえるカットがあるのよ。でも後ろの方でこのキャラクターが馬に乗ってもう一度出てきたとき、包帯が巻かれていたのは左の脚だったでしょ」

よくそんな細かい部分を覚えているものだと感心する。

「ほら、これもつながってない」

次に指摘された部分を見てみると、ぼくの影は向かって左側に伸びていた。ところが、その直後にあるカットでは、影は右側に回っていた。

なぜこんなことになったのか。その理由は単純だった。午前中に撮影したシーンと午後になってから撮ったシーンを、無造作にくっつけてしまったからだ。

「これは『北北西に進路を取れ』と同じミスね」

真野さんはまた映画のタイトルを口にした。『ワイルドバンチ』と違って、こっちはまだ観ていないが、数あるヒッチコック作品の中でも代表作の部類に入る名編だとの評判だけは聞いていた。

「ケーリー・グラントがセスナ機に襲われる前、バス停で下車するくだりと一緒だわ」

映画の話をしているときの真野さんは嬉しそうで、かなりのマニアだろうということは見当がついた。

その後も、「つながらない、つながらない」と、おかしな部分を幾つか指摘された。

一つ「つながらない」を言うたびに、真野さんの声はどんどん不機嫌になっていき、ぼくはすっかり学校の先生に怒られている気分になってしまった。

その反対に、真野さんの目はらんらんと輝きを増していった。

実のところ、彼女は間違いを見つけるのが嬉しくてしかたがないのだろう。『ワイルドバンチ』とか『北北西に進路を取れ』とか、そういう映画の話をしているときよりも、人の間違いを探し当てるときの方が、もっともっと楽しんでいることは間違いない。

「で、石丸。あんたの用事は何だっけ？」

粗さがしに没頭するあまり、真野さんは、こっちのお願いをすっかり忘れてしまっていたらしい。

「落下シーンの——」

「ああ、そうだったね。——ついてきて」

真野さんは手招きして、先に立って歩き始めた。

そんなものは自分たちで考えな——と冷たく突き放される事態も予想していたけれど、真野さんとぼくの間には、すでに友人同士と言ってもいいぐらいの関係が出来上がっていたようだ。

ぼくが連れていかれたのは、スタジオに隣接している資材置き場のようなところだった。

セットの建て込みに使うらしい壁みたいなものが、大きな棚に何枚も並んでいるのを見ると、ホームセンターの材木売り場にでも迷い込んだような錯覚を感じてしまった。

と、真野さんが急に、両腕をこっちに向かって伸ばしてきた。

その手に突き飛ばされたぼくの体は、次の瞬間には、背後に立てかけてあったアクションシーン用のマットレスに深くめり込んでいた。

どういうことかと戸惑っていると、真野さんは言った。

「これが落下シーンの上手い撮り方」

ぼくは瞬(まばた)きを繰り返した。

「これが、ですか。すみません、よく分からないんですけど……」

「だから、縦じゃなくて横に落とすの」

「……はあ」

「これはいろんな映画で使われている技だよ。例えば『オーメン』て観た？　ちょっと古すぎるかな。一九七六年の映画だから、石丸は生まれてもいないね」

七六年なら、きっと真野さんもまだこの世に存在していないのではないかと思ったが、無駄なことは言わないでおき、「観ました」とだけ答えた。

「だったら知っているでしょ。あの映画の中で、リー・レミックが、必死になって手摺(てすり)につかまろうとするんだけど、結局、二階から転落して床に落ちてしまう。そんな場面があるのをさ」

リー・レミックという女優さんの名前までは憶えていなかったが、女の人が二階から転落するシーンがあったのは記憶していた。

「あのシーンなんかが、このトリックを使って撮影されている。もうちょっと説明すると、まず、床に似せた壁を作るわけ。そこに観葉植物の鉢をボルトで固定する。——言ってる意味が分かる？」

「はい」

「じゃあこの場合、観葉植物はどっち向き？」

「地面に対して水平になっていると思います」

「そういうこと。で、植物の葉っぱは、重力で下に垂れさがったりしないよう、透明な樹脂か何かで固めておく。次に、女優をドリー、つまり台車に乗せる」

ここでぼくは、あっと小さく声を上げた。

「だんだん分かってきました」

「そう？　でも説明を続けるよ。——そして、女優に叫び声を上げる演技をしてもらいながら、ドリーを水平に移動させ、壁に近づけていく。それを女優の正面からカメラで撮る。限界まで接近したところで」

「フィルムを止めるんですね」

「ええ。そのあとで今度こそ縦方向に、ただしほんの低い位置から倒れてもらって、そのショットをつなげる。これで出来上がり」

「なるほど」

ぼくは大きな音を立てて指を鳴らした。

七月＊日（火曜）晴れ

撮影は大詰めだった。

放課後、ぼくは河原で、仲本くんが来るのを待っていた。その間、いままで撮影した映像を観てみることにした。

真野さんに指摘された箇所は全部直したから、『時の兵士』の完成度は上がった。ここまでの出来はまずまずというところだろう。

残るはラストシーンのみ。ハンター役のぼくが振り返って笑顔を見せるショットを撮れれば終了だ。

応募の締め切りは明日に迫っている。今日のうちに撮影を終えてしまえば、明日の昼間に編集を済ませて、夕方までには映像を記録したＤＶＤのディスクを投函(とうかん)することができる、という状況だった。

ぼくは腕時計に目をやった。

約束の時間になったが、まだ仲本くんは来ない。

鏡を取り出した。

にっと笑ってみる。

以前、仲本くんの演技にNGを出したけれど、ぼくの表情だって酷いもので、求めているイメージとはだいぶ違っていた。貼り付けたような、記号みたいな顔になっている。つまり、まるで心がこもっていなかった。

脚本の結末は、ターゲットと友情を結んだハンターが、未来に帰っていくという内容になっている。任務に失敗したわけだから、元の世界に戻れば、待っているのは制裁だ。けれども、自分は正しいことをしたと思っているので、気持ちのいい笑顔を見せることができるのだ。

いったん鏡をしまい、また時計を確認しようとしたとき、スマホがポロリンと音を鳴らした。仲本くんからのメールだった。

【先に警察へ行く】

文面はそうなっていた。

ぼくは舌打ちをして、すぐに仲本くんの携帯番号を呼び出した。

《……もしもし》

「石丸だけど、何やってんの、仲本くん。警察には行かないって決めたはずだろ」

返事はなかった。

「そんなことより、撮影はどうするんだ。締め切りが迫っているんだから、急いでこっちに来てくれないかな」

《……だけど》

「仲本くんの出番は終わっているから、カメラを構えてくれるだけでいいんだよ。簡単だろ。頼むから、早く来て手伝ってよ」

仲本くんがまた黙り込んだので、ぼくは怒って電話を切った。

いままでこんなに一生懸命、撮影を続けてきたんだ。脚本の変更は多々あったけれど、途中で放り出すのだけは絶対に嫌だった。

しょうがない。こうなったら一人で撮影するしかないだろう。そう腹を決めて、念のために準備してきた三脚を地面に立てた。

誰かの視線を感じたのは、そのときだった。そちらの方へ顔を向けると、土手の道路にあったのは、真野さんの姿だった。

「よく会いますね」

「だから、ここがわたしの通勤路なんだって」そう応じながら、真野さんが土手を下って河原まで下りてきた。「あれ、仲本はどうしたの」

「今日は来ません」

「あ、そ」

ここで真野さんが、ぼくのスマホに向かって手を差し出してきた。

「もう一度見せてもらってもいい？」

スマホを渡すと、真野さんは自分で『時の兵士』の再生を始めた。

しばらくして、彼女は「あれ？」と声を上げた。

「人が落下するシーンがないね。撮っていないの？　せっかく教えてあげたのに」

「あれは……もうやめました」

「そうなの？　どうして？」

「……ドリーが準備できなくて」

「ドリーがなくても、ほかの方法で撮ったんじゃないの」

ぼくはぎくりとした。いまの一言で、真野さんがぼくたちのやったことを見抜いているのだと分かった。

「本当は、石丸も仲本も、ドリーを使って人を横に落とす方法なんか、とっくに知っていた。だけど、あるとき、別のやり方を思いついたから、そっちを試してみたくなった」

真野さんは、手に持ったスマホに目を落としながら言った。彼女は、同じ場面を何度も繰り返し再生していた。フロント部分に板を取り付けた軽トラックが走るシーンだった。

「人をドリーに乗せ地面に向かって動かす代わりに、地面の方を人に向かって走らせても同じことじゃないのか。二人が考えたのは、そんな方法だった」

そのとおりだ。あの朝、ぼくは、まだ薄暗い明け方に、軽トラックを土手まで運転していった。

軽トラのフロント部分には、装甲として準備したあの板を取り付けてあった。

タニさんには、軽トラから十メートルぐらい離れた場所に立ってもらった。

軽トラとタニさんを撮影できる位置で、仲本くんがスマホを構えて待機した。

この状態で、軽トラをタニさんに向かって走らせ、カメラに収める。フロントに取り付けた板を地面に見立てれば、いままでにない斬新な落下シーンになるはずだ。

そう見越しての撮影だった。

わくわくしながら、ぼくはトラックの運転席についた。その何秒後かに、視界の悪さにパニックに陥ったぼくが、ブレーキとアクセルを踏み間違えさえしなければ、いまごろタニさんは無事に出演料を手にし、川面（かわも）を眺めながら、のんびりとビールの味を楽しんでいたことだろう。

「ある役者がいてね。彼は酸っぱいものが苦手だった」

真野さんは急に、ぽつりとそんなことを口にした。

「その点が世間に知られると、女性と交際していることが分かってしまい、人気が落ちてしまうという事情があった」

そこで誰にもバレないようにと、撮影のときに「消えもの」として、わざとグレープフルーツを準備させた。少し前にそういう出来事を経験しているから、隠蔽工作には敏感になっているのよ……。

そういう意味の話を真野さんはしてから、ぼくとの距離を詰めてきた。

「あんたたちは、わたしが真相を見抜いて、それを警察に話すことを怖れた。だから人を横に落とす撮影法を知らないふりをして、わざわざわたしに訊きに来た」

この前、映画の撮影ミスを次々に指摘していく真野さんはやけに楽しそうだった。けれども、いまぼくらの罪を暴き立てる彼女の声は逆で、どこか苦しげだった。

ぼくも真野さんと同じように、声を振り絞るようにして言った。

「……警察に行ってきます」

「ちょっと待って」真野さんは映像の再生を止め、ぼくの方を真っ直ぐに見据えてきた。「まだ撮り残している場面があるんじゃないの?」

「あります。ラストシーンです」

「それ、どんな内容?」

「ハンターがカメラの方へ振り返って、笑顔を見せます」

「そのワンショットだけ?」

「はい」

「だったら、いま撮っちゃったらどう？　完成させてから行っても、遅くはないと思うけど」

「でも……」

自分で自分を殴りたい気分だった。仲本くんは撮影を担当しただけで、車でタニさんを撥ね飛ばしたのは、このぼくだ。本当はぼくの方から先に出頭しなければならなかった。そう思いはするものの、自分のやったことを考えると、急に怖くなってしまい、ぼくは我慢できずに泣き出していた。

女の人に涙を見られるのが恥ずかしかったので、ぼくは真野さんに背を向けた。肩が震えるのを抑えることができないまま、

「でも、うまく、笑えませんから」

やっとそれだけを口にした。

「もう忘れたの。思い切り笑わせて突然カメラの方を向かせると、それが泣き顔に見えるって言ったでしょ。これはね、うまくいけば――」

真野さんがスマホを撮影モードにし、ぼくの方へレンズを向けて構えた。それが気配ではっきりと分かった。

「逆も成り立つのよ」

……言われてみれば、そうかもしれない。

ぼくはできるだけ思いっきり泣いてから、涙を拭(ぬぐ)って真野さんを振り返った。

第４章　揺れる球場

1

ヘルメットのひさしにぶら下がった水滴が、次第に大きさを増しながら小刻みに震えている。

雨足がさらに強まったのは、五回の裏に入った直後からだった。

それまでおれの耳には、スタンドやベンチからの声援がはっきりと聞こえていた。

ところが、味方のバッターが一人倒れるたびに雨がグラウンドを叩く音は強くなり、おれが打席に立ったころには、送られてくるエールをほとんど搔き消すほどにまでなってしまっていた。

「ストライクっ」

球審の南郷が判定する声すらも、どこか遠くから聞こえるようだ。

ひさしの先端に集まっていた水滴が地面に落ちた。その小さな出来事がきっかけとなっておれは気づいた。自分がいま打席の中で棒立ちになっていることに。

バットをほとんど動かしていなかった。いまの球にまるで手が出なかったのだ。

おれは十八メートル先にある小さな山の方へ目をやった。

雨のマウンドに立っているのは、初めて対戦する投手だった。姓は司村というらしい。

背番号は10だからエースというわけではない。

少しでも気を取り直そうと、おれはスタンドの方へ顔を向けた。

観客席が百あるとして、人で埋まっているのは十ほど。一割の客の中には、映画撮影のクルーもいる。一塁側のスタンドだ。

なんでも、映画の製作会社から「社会人野球のドキュメンタリー作品を撮りたい」との申し出があったらしい。連盟が選手たちの意見も聞かずに許可を出したため、監督と女性のスタッフの二人が観客席に陣取っているのだ。

二人のクルーとは、試合前に、名前を告げる程度の簡単な自己紹介をし合っていた。監督の氏名はその場で忘れてしまったが、女性スタッフの方は覚えている。「ひびき」という、それこそ音の響きがちょっと印象的だったので、記憶に引っ掛かっていた。

ただ彼女の肩書にあった「スクリプター」が、どんな仕事なのかまでは分からない。

それにしても、そのスクリプターの女、ひびきと、昔一度、どこかで会っているような気がするのはなぜだろう。

一塁側スタンドで、いま、監督の方は、小型のカメラを構えて熱心にこちらを見ているが、その隣にいるひびきという女は、この競技にまるで関心がないらしく、赤い傘の下でスマートフォンをいじっている。

おれはマウンドに視線を戻した。

司村が投球動作に入った。左足が高く上がり、地面からかすかに泥がはねる。かと思うと、上半身は早くもリリースの体勢に移っていた。

球種はナックルだった。

泥に汚れたボールは、ほとんど回転しておらず、縫い目がはっきり見えたほどだ。それだけに変化の幅は大きく、まるで寒がってでもいるかのように震えながら、こちらに向かってきた。

加えて、この球種にしてはスピードも十分にあった。九十キロ以上は出ていただろう。その球が、外角いっぱいぎりぎりのところでストライクゾーンを通過していった。制球も十分に利いていたわけだ。

またしても手が出なかったのは、あまりにも微妙なところへボールが来たためだ。打者にとってはもちろんだが、捕手にとっても、そして球審にとってもナックルボールほど厄介なものはない。ホームベースに近づけば近づくほど、変化がより不規則になる。まさに魔球だ。

キャッチャーミットの音が鈍かった。ぎりぎりミットの端っこでしか捕球できていないということだ。

「ストライク」

それが南郷の判定だった。

七回の裏に入った現在、得点は三対〇。初回に二点、三回に一点をあげた「ＹＫデータ機器」に、こちら「湖南中央輸送」はリードを許している。

初回から投げている司村は、ほとんどの打者をあっさりと三振か内野ゴロに打ち取っていた。投げた球種は、すべて無回転だ。それ以外のボールは一球も放っていない。

したがって、この見慣れない小柄な投手が、典型的なナックル・ボーラーであることは、打席に入る前からおれには分かっていた。

日本のプロ野球ではめったに見当たらないが、メジャーにはナックル主体の投手が何人かいる。

彼らの投球フォームはお世辞にも見栄えのするものではない。球の性格上、派手なテイクバックを必要としないからだ。たいていの選手は、ボールを握った手を耳の後ろに持ってくると、それを砲丸投げよろしく突き出すようにして投げている。

だが同じナックル・ボーラーでも司村は違っていた。大きめのテイクバックから腕の振りを最大限に利用して放ってくる。速球派の投手とあまり変わらないフォームだった。

――かなり指の力が強いな。

おれはそう考えた。ナックルは不安定な握り方を余儀なくされる変化球だ。あのフォームから繰り出すには、よほどしっかりとボールをグリップしなければ、投げる前にすっぽ抜けてしまうだろう。

おれはわざと大きく肩をゆすってから、マウンドに向かって声を出した。

司村はボールを握る前に、右手の拳を口元に近づける。まじないのつもりなのだろうか、それとも、すべらないように息を吹きかけているのか。あるいはただの癖なのか……。真意は判然としないが、登板してからずっと、一球投げるごとに同じ動作を繰り返している。

ＹＫデータ機器にこのような投手がいたとは、今日の今日まで知らなかった。だから司村に関する予備知識は何も持ち合わせていない。

「バッターは早く構えて」

南郷から促され、おれは我に返った。マウンドを見ると、司村はすでにスパイクの裏で地面を均し終え、次の投球に入ろうとしている。

「すみません」

小声で謝り、バットを立てた。濡れたユニホームの肩口に、晴れているときとは違った匂いを嗅ぐ。

大丈夫だ。打てない球じゃない。

練習は積んでいる。自軍のピッチャーにあらゆる変化球を投げてもらい、打ち込みを行なってきたのだ。その中にはもちろんナックルも入っていた。

司村はキャッチャーのミットではなく、こちらの目を見据えている。

小さく結ばれた口元に、意志の強さが漂っていた。太い眉毛のあいだに力がこもっている。勝負に集中した険しい顔つきだ。ともすれば気圧されそうになる。

そこで負けじとおれも、司村の顔を睨みつけてやった。

2

試合が終わってから、ロッカールームへ向かうと、映画監督と一緒にひびきという女が部屋の前に立っていた。

「高久保選手、お疲れさまでした」監督が声をかけてきた。「ちょっとインタビューをいいでしょうか」

「どうぞ」

ロッカールームは男の裸で溢れかえっている。ひびきがいる手前、別の空いている部屋に案内し、インタビューを受けることにした。

ここで初めて名刺をもらった。監督は大下という名字だった。ひびきの方は、真野韻とあった。

小柄で骨ばった女だ。華奢という言葉を絵に描いたような体形をしている。そのため着ているサマーセーターはだぶだぶといったありさまだった。

年齢はおれと同じで三十ちょうどぐらいか。どう見ても既婚者ではない。頭の斜め上で髪を丁髷（ちょんまげ）のように結っているあたりは、いかにも映画業界の人間といった感じだ。

次の瞬間、おれは自分の眉毛がぴくんと動いたのを感じた。彼女にどうして見覚えがあるのか、やっと分かったのだ。

「もしかして……真野……さん？」

「いまごろ思い出したの、高久保くん」

この女とは、都立高校二年生だったときに一緒だった。おれの斜め前、窓際の席に座っていたのが彼女だ。

おれは当時から野球一筋だったし、真野の方はたしか帰宅部で、二人の接点はほぼゼロだ。ただ、何かの授業でグループ発表をすることになり、そのとき会話をした記憶はある。とはいっても二、三回、事務的な連絡をしたに過ぎないはずなのだが。

「なんだ、知り合いだったのか」

大下も驚いた顔をする。

「世間は狭いな。まさか真野さんにこんなところで再会するとはね」

「無理しないで。呼び捨てでいいよ。高校時代なら、女子はみんな『おまえ』だったでしょ」

「よく覚えてんな」おれはこめかみをかきながら苦笑いを浮かべた。「助かる。堅苦しいのはどうにも性に合わなくてね」

インタビューが始まった。

社会人野球の古豪、湖南中央輸送の四番打者として、このスポーツにかける思いや、働きながら選手を続けていくことの苦労などをひとしきり語った。

意外にも、インタビュアーの役を担うのは、大下ではなく真野の方だった。

「今日は相手投手のナックルボールに全打席凡退しましたが、それについてはどうお感じですか」

「あ、その件だけはノーコメントで」

おれは半分おどけた調子で答えた。

おかしなものだ。まるで接点がなかった相手でも、昔同じクラスだったという事情があるだけで、急に親しくなれる……。

そんなふうに一瞬思ったのだが、

「そう簡単に逃げられたら、映画になりません。お答えください」

真野にしてみれば、なあなあで済ませる気はないようだった。彼女の眼差しが真剣だったから、おれも真面目に答える気になった。

「実は、おれの息子が最近、轢き逃げ事故に遭ってね。それが気になって、調子を落としていたんだ」

「それはお気の毒です。息子さんは何歳ですか」

「七つ。小学校一年生だよ。道路を横断しようとして車に撥ねられた」

「息子さんの容態は？」

「幸い、足の骨折だけで済んだ」

「轢いた車は見つかりましたか」

「いや。だけど目撃情報ならあることはあった。見ていたのは年配の女優さんだよ」

真野は大下と顔を見合わせた。そして指でじゃんけんのチョキを作ってから、改めてマイクを向けてくる。

この部分はあとでカットするから、とりあえずインタビューを続ける。そんな意味のジェスチャーだろうと見当がついた。

「もしかしてその女優は、赤城りんさんという人じゃありませんか」

「そうだ。やっぱり真野は知っていたか」

「ええ。赤城さんが轢き逃げ事故を見たという話なら、以前、ちょっと耳に挟んだことがあります」

「まあ、そんな事故というか事件があったせいで、いま一つメンタル面で不調でね。だから今日も真野の前でいいところを見せられなかったわけだ」

「次の試合も取材させてもらいます」

この言葉は大下が発した。

「もしまた凡打に終わったら、うんと悔しそうな顔をしてください。お願いしますね」

普段はフィクションが専門だという彼が、そんな注文をよこしながらカメラを止めた。

大下の口調には特別な気負いが感じられなかった。すると、ドキュメンタリーという名目でも、その程度の〝やらせ〟が混じるのが普通なのだろう。

映画とはそういうものかと思いつつ、真野に訊いてみる。

「さっき一度教えてもらったけど、真野は何の仕事をしてるんだっけ。スコアラー？」

「それは野球用語でしょ。スクリプターだよ」

「何なの、それ」

「監督の女房役」

そんなことを言うから、おれは真野と大下を交互に見やった。てっきり二人が結婚しているのかと思ったのだ。

「勘違いしないで。いまのは言葉の綾だよ。監督の横にぴったりと張りついて、撮影行程のすべてを把握し、管理・記録するのがスクリプター。分かった？」

二人と別れ、シャワールームに入った。

シャワーヘッドから流れ落ちるお湯の音を聞きながら、先ほど終えた試合の流れを一回からずっと思い返してみる。

いいところがなかった。特に七回の裏以降、湖南中央輸送は司村の前に精彩を欠いた。見逃し三振、ファーストゴロ、空振り三振、見逃し三振、サードゴロ、見逃し三振、レフト前ヒット、空振り三振、セカンドフライ、見逃し三振、だ。

全身に熱い湯を浴びたあと、念入りに手や顔を石鹸(せっけん)で洗った。

顔を濡らしたまま鏡を覗(のぞ)き込む。

左の目尻(めじり)には、高校生のとき試合中に受けたデッドボールの傷の痕跡(こんせき)が、深い溝となって残っている。その溝の中を次々にシャワーの湯が伝い落ちていった。

シャワーを終えてロッカールームで着替えているときだった。ドタドタと忙(せわ)しなく廊下を走る誰(だれ)かの足音が聞こえてきた。

やがてチームメイトの大柄な体がロッカールームに飛び込んできた。上下する肩の落差が大きく、首筋からは湯気が立っている。

彼の表情に尋常ではないものを感じ取ったおれは、肩に手を置き、軽くさするようにしてやった。

「どうかしたのか？」

そのチームメイトは腰を屈(かが)めて膝(ひざ)に両手をついた。荒い息をしながら睨むような上目遣いの視線をおれに向けたあと、ロッカールームにいる全員をぐるりと見回す。

「あっちのトイレで、あいつが——死んでいる」

「あいつ？　誰のことだよ」

「小宮（こみや）」

チームメイトの言葉を聞き、おれもすぐロッカールームの外、廊下の突き当たりにあるトイレに向かった。

たしかに、そこで人が一人、小便器の前に仰向（あおむ）けになって倒れていた。男で、横顔を見たところ、年齢は四十歳ぐらい。着ているスーツはそれなりに上等だが、顔は貧相だった。

たしかにあの小宮だ。

顔の右側を上にしている。耳たぶに少しだけ血液がこびりついていた。

身動き一つせず、かっと目を見開いているのだから、死んでいることはほぼ明らかだった。

今日球場にいた者は全員、こちらが許可を出すまで帰らないように。それが警察からの要請だった。

ロッカールームに引き返したおれは、消防ではなく警察に通報した。

到着した刑事たちは、男の身元を即座に洗い出したようだった。

噂（うわさ）は、この部屋にまで間を置かずに伝わってきた。

小宮は誰かに殴られたようだった。倒れた際にトイレの床で後頭部を強打したことが死因らしい。

小宮――まともな選手や関係者なら、たいてい彼を忌み嫌っていた。ベースボール賭博（とばく）の元締めをやっている暴力団の関係者で、この地域の野球界にとってがん細胞のような人物だからだ。どうも選手崩れの男らしく、自身も野球狂であり、高校、大学、社会人、プロを問わず、この球場でゲームがあるたびに決まって出没していたものだ。

遊び人の小宮は、右の耳に白い真珠のピアスをしていた。耳朶（じだ）から出血していたのは、そのピアスが引きちぎられていたせいだ。おそらく犯人に殴られたときにそうなってしまったのだろう。

そのピアスは現場から見つかっていない。偶然服の中に入ったそれを犯人が持ち去ったのではないか――そんなふうに捜査員たちが小声で話しているのを、おれは小耳に挟んだ。

真野と大下も、おれと同じく足止めを食らっていた。

近くには、球審の南郷もいた。

「ジャッジをする上でのご苦労をお話し願えませんか」

こんなときだというのに、真野は南郷にインタビューを試みていた。まったく仕事熱心な女だ。

――野球の審判はみんな『二度目のミスを犯すな』と先輩から教えられます。

今日の試合前にも南郷は真野からマイクを向けられ、そんなことを語っていた。

——これはどういう意味かというと、『ミスの埋め合わせをしてはならない』ということなんです。

つまり、どんなベテランのアンパイアでも、ボールっぽい球をストライクと判定してしまい、しまったと思うことがある。こうなるとどうしても、同じバッターが次の打席に立ったとき、ぎりぎりストライクの球をボールと判定してやることで、先の誤審を帳消しにしてしまいたいという心理が働く。でも、そういうことはしてはならない、ということなんですね——。

そんな含蓄に富んだ話を、数時間前に喋っていた南郷だが、いまはさすがに、あとにしてもらえませんかと真野に向かって身振りで示したきりで、無言を貫いていた。眉間に皺を寄せ、苦しそうな顔でじっと目を閉じている。

「情報はいつでも受け付けますから、遠慮なくご連絡ください」

担当の刑事から名刺を受け取って、やっと帰宅を許されたころには、もうとっくに日が暮れていた。

3

その日、会社のグラウンドで素振りをしていると、いつの間にかフェンスの向こう側に真野が立っていた。

「今日は一人か。大下監督はどうした。一緒じゃないのか」

「一人だよ。撮影の用事で来たんじゃないから」

「じゃあ何しに来た」

「ちょっとあんたと話がしたくて」

おれは金属バットを肩に担ぎ、フェンスの前まで歩み寄った。

「おれと話がしたけりゃ、練習に付き合え」

実を言えば、今日はオフだ。本当は練習が禁止されていた。体の疲れを取るように監督から命じられている。

「無理だよ。わたし、キャッチボールぐらいしかやったことないから」

いまの返事は聞こえなかったふりをして、おれは言った。「しかし驚いたよな、一昨日(おととい)は」

「その話だけど、司村って人が警察で事情を聴かれているでしょ」

そうらしい。どこから漏れてきたのかは知らないが、今日の午前中、職場の経理部ではその話題で持ち切りだった。

「おれも聞いてびっくりしているところだよ」

捜査の結果、小宮を殴り倒したのは司村だったらしいことが判明した。七回の表、自陣が攻撃の際、彼があのトイレに入ったのを、球場の職員が目撃していたのだ。

そこで司村は小宮と鉢合わせしたようだ。

「でも、犯人はあの人じゃないはずだよ」

それが真野の言い分だった。

「どうしてそう思う」

「つながらないから」

意味が分からなかった。

「高久保、あんた、映画の撮り方の基本って知ってる?」

「野球一筋でやってきたおれに、そんなものを勉強する暇があったと思うか」

「あんたの立ち回り先は？　普段よく行く場所はどこ。主なものを三つ挙げて」

「球場、練習場、飲み屋、ってところかな」

「じゃあ仮に、あんたが主演する映画が作られるとする。ドキュメンタリーじゃなくてフィクションのね」

「ありがたいな。完成したら前売り券を山ほど買ってやるぞ」

「そしてシナリオでは、球場、練習場、飲み屋、球場、練習場、飲み屋という順番にシーンが続くとする。これをどう撮影すると思う?」

「その順番に撮るんだろ」

「そんなことは、まず百パーセントしないよ」

「じゃあどうすんだ」

「球場なら球場、練習場なら練習場、飲み屋なら飲み屋の場面をまとめていっぺんに撮る」

「なるほどな」

そうする方が予算も手間も省けるからだろう。それに役者のスケジュール的にも都合がいいからに違いない。それぐらいのことなら、おれにも分かった。

「このとき気をつけないといけないのが『つながり』。つまり、前の場面で起きたことが、後の場面に反映されていないといけないってこと。——例えば、最初の飲み屋のシーンで、あんたがファンから打撃不振をなじられて喧嘩をした」

縁起の悪い例を出さないでほしいものだ。野球選手はゲン担ぎに敏感なのだから。そう思ったが、黙って頷いておいた。

「そして腕に怪我をしたとする。すると」

「二回目の球場のシーンでは、その怪我をしている状態でなければおかしいってことだな」

「そう。だから前と後のシーンをいっぺんに撮るときは、そういうことに気をつけなきゃいけないわけ」

「その『気をつけ係』がスクリプター、つまり真野ってことか。――で、何が言いたいんだ。おれに映画の講義なんてしたって無駄だぞ」

「あんた、人を殺したあとホームランを打てる？」

何を馬鹿言ってんだ。そんなふうに答えるつもりだったが、すぐには口を開かなかった。打てるだろうか、どうだろうか。真剣に考えこんでしまっていた。

スポーツにはメンタル要素が大きく関わってくる。もちろん野球も例外ではない。投・打・走の三基本の中でも、特に一瞬の集中力が結果を大きく左右する繊細な分野――それが打撃だ。心の中に気がかりなものを残しておいたのでは、いい成績は望むべくもない。おれだけは例外かもしれない。そう思ってしばし悩んではみたが、どう考えても、精神の動揺は隠しようもないだろう。

「無理だろうな。――で、だから話のポイントは何だ」

「試合の内容を覚えてる？　この前の試合。七回裏以降」

試合直後のシャワールームでもそうしたように、おれはふたたび脳内で映像を展開させた。将棋や囲碁のプロ棋士が棋譜を全部暗記しているように、野球の選手も試合内容は忘れない。特に自分が出場した場合はそうだ。

「こうだったでしょ。見逃し三振、ファーストゴロ、空振り三振、見逃し三振、サードゴロ、見逃し三振、レフト前ヒット、空振り三振、セカンドフライ、見逃し三振」

真野は、すらすらと何も見ずに一気に言葉を吐き出した。それは、おれが頭に描いた内容とまったく同じだった。

「打撃のスコアを覚えていたのか？　全部」

当たり前という顔をして、真野は顎（あご）をわずかに引いた。

「スクリプターは記憶力が悪いと務まらないから」

「やっぱりスクリプターじゃなくてスコアラーに鞍替（くらが）えしたらどうだ。そっちでも重宝がられるぞ、きっと」

「そんなことはどうでもいい。つまりわたしが言いたいのは」

おれは手の平を真野の方へ向けて、彼女の言葉を遮った。野球しか知らないおれでも、そこまで馬鹿じゃない。

「司村は三振を多く取っている。つまり彼は、殺人に手を染めたあとも安定したピッチングを続けた、ってことだな」

「そう。そして、それはおかしいんじゃないかってこと」

真野の言うとおり、これでは、前の場面で起きたことが後の場面に反映されていない、ということになる。

「だから司村が犯人とは思えない、というわけか。――たしかに頷けるが、だけどそれは、何だ、ほら、ただの状況証拠だろ」

状況証拠——普段おれがまず口にしたことのない言葉だから、誰か別人が喋っているような気がした。

「違うって。立派な証拠になるんだよ。ちゃんと例があるから」

ある男が、少女を殺害したとして検挙された。目撃証人もいたし、男は捜査官の前でも検事の前でも自白し、第一審で有罪にされた。

だが調査したところ、その男が犯行時刻の一時間後に平素から互角に指している友人と将棋を二番やり、二番とも勝ったという事実が確認された。

「被告人が真犯人なら精神的に動揺しているはず。二番続けて勝てるはずがない」

ベテランの判事はそう判断し、被告を無罪にした。

そんな事例が現実にあるのだ、と真野は語った。

「それはたしかに今回の司村と非常に似たケースと言えるな。でも、その話は本当かよ」

「嘘(うそ)ついてどうするの」

「よく知ってんな。おまえ、大学は法学部だっけ?」

「いいえ。嫌でも雑多な知識が増えるのよ、映画なんてものに関わっているとね」

司村は無実だという確信が、むくむくと心中で大きくなっていくのをおれは感じた。

「で、いま言ったことを警察に話したのか」

「別に話す気なんてないよ」

「何でだ。司村は疑われてんだぞ。冤罪ってやつじゃないか」

「警察への連絡は、あんたが勝手にやって。わたしはただ、つながらない、ってことが気になってしょうがないの。だからあんたの意見を聞きたかっただけ。誰が犯人になろうが興味なし」

4

血も涙もない女などその場に放っておき、おれはグラウンドを出て、社屋に隣接する部室へ走って戻った。

たとえ初対面に等しくても、球場でのライバルという存在は、裏を返すと親友と言ってもいい相手だ。一度でも対戦し、実力を認め合えば、同じ野球人として、どうしてもそうなるのだ。放ってはおけない。

ＹＫデータ機器へ電話して訊いたところ、司村は今日も警察に呼ばれているらしい。午後二時から事情聴取を受けるようだ。

おれはタクシーを飛ばした。

普段、自分のプレイを振り返るために使っているポータブルのＤＶＤプレイヤーと、試合を録画したディスクを持参した。ディスクは、昨日、映画監督の大下から送られてきたものだった。

運よく警察署の前で、ちょうどこれから建物に入ろうとしていた司村に追いつくことができた。

「一緒に行こう」

背中に声をかけると、彼は振り返っておれの方を見たが、無言だった。

――いい情報があったんだ。おれの高校時代の知り合いが、きみが無実だという証拠を教えてくれたんだよ。

そう告げる間もなく、担当の刑事が出てきた。

おれは司村を差し置き、その刑事に向かって、「事件についてどうしても聞いてほしい話があります」と切り出した。

情報はいつでも受け付ける。以前そう言っている手前、刑事はこっちを無下に扱うことができなかったようだ。やや面倒くさそうな顔をしながらも、司村と一緒に取調室に入ることを許可してくれた。

まずおれが真野から聞いた話をしてやると、案の定、刑事は顔色を変えた。

大下監督が撮影した試合の映像を課長にも見てもらうということで、刑事は腰を浮かせた。慌てて立ち上がったため、椅子が後ろにひっくり返った。その様子から、刑事の心証が変わったことは間違いなかった。

「待ってください」

その声を発したのは司村だった。

「小宮ともめたのは」

先日の試合で切れのある魔球を放った司村は、その両手を太腿（ふともも）の上でそろえ、きつく握りしめている。

「間違いなくわたしです」

静かに言って、司村は何かを机の上に置いた。

それは、真珠のピアスだった。

おれの手が勝手にだらりと下がった。同時に床で耳障りな音がした。机の端に置いてあったディスクのケースを床に落としたせいだった。

5

今日も荒天になった。

経理部の窓には、いまだに降り続いている雨粒が何本か筋を作っていた。その向こう側には、グラウンドの濡れた壁が見えている。

仕事を終えたあと、ピロティへ向かった。

会社が所有する室内練習場は、現在のところ改修中のため使えない。ただ、社屋の一階部分が広い空間になっているため、簡単なキャッチボール程度ならそこですることができる。

肩を少し温めておこうと思ったおれは、片手にグラブとボールを持ち、もう片手に傘を携えて部室を出た。服装はワイシャツのままだが、壁に向かって軽くボールを投げるだけなのだから、この服装でもかまわないだろう。

思ったとおり、また真野が姿を見せていた。

「暇なんだな、スクリプターって仕事も。それともおれに惚れたか」

真野は面白くなさそうに下を向いた。

司村は小宮のピアスを手にしていた。物証がある以上、彼が小宮を殴った犯人であることは間違いない。

「口論になって、揉み合いになり、ピアスを引きちぎったのは事実です。しかし、殺したという覚えはありません。拳を突き出して、相手をよろめかすようなことはあったかもしれませんが、殴り倒してはいません」

司村はそのような抗弁を付け加えたが、結局は逮捕された。容疑は傷害罪。もちろん警察としては、いずれ殺人罪に切り替えて再逮捕するつもりなのだろう。

もし警察が正しければ、真野の推理は外れたことになる。どうして自分の考えがつながらないのか。それが分からず、苛々（いらいら）しているようだ。

たしかにこうなると、司村のピッチングに対してどう納得のいく説明をつけるか、という問題が残る。人を殺したあとに三振の山を築くことができるピッチャーがいるとは考えにくい。

いや、それがいたのだ。そう無理やりにでも解釈するしかないのかもしれない。

「バッターって、どういう場合に三振するの」

そう真野が訊いてきた。

「一口には言えないね。ピッチャーとの相性とか、その日の調子とか、いろんな要因があるから。でもまあ、普通は球種を読み違えたときだろうな」

「球種って予測できるもんなの？」

「できるさ。おれにとっちゃあ案外簡単だ」

バッターが球種を予測する方法にもいろいろある。キャッチャーから出されるサインをうまく盗んだり、投手のフォームやちょっとした仕草から読み取ったりする。だがおれのやり方はもっとダイレクトだった。投手がボールを放す瞬間にグリップ、つまりボールの握り方を、直接自分の目で見てしまうのだ。

記憶を探れば、ボールを握った司村の右手が、目の前に広がる。人差し指、中指、そして薬指の三本がぎゅっと折り曲げられ、第二関節が球体の背後から突き出ているのが、ありありと蘇(よみがえ)る。

　そう説明してやると、真野は軽く目を瞠(みは)った。

「野球選手って動体視力がいいんだ、やっぱり」

「もちろんだ」

「どうやって訓練してんの。教えて」

　真野の口調は真剣だった。単なる場つなぎの会話というわけでもなさそうだ。どうやらスクリプターの仕事にも、動いているものを正確に見る能力が必要らしい。

「そうだな。例えば、何桁(けた)かの数字を書いた紙を、ほんの短い時間だけぱっと見る。そして書かれた数字を言い当てるという方法がある。おれは毎日これを欠かさずやっている」

　その結果いまでは、八桁の数字を〇・一秒だけ見た場合、六桁までは確実に正解できるようになった。

「それから、遠征なんかで移動のバスや電車に乗ったときは、窓から外を見て、街中にある標識やら看板やらの文字を読み取る。これも動体視力の鍛錬には有効だ」

　普段からこうしたトレーニングを積んでいると、その成果は確実に表れてくる。いくら相手の投手が素早い腕の振りで投げようとも、ボールの握り方を見破り、そこから球種を予測できるようになった。結果、打率が向上し、湖南中央輸送の四番を任されるまでに至ったのだ。

「真野、試しにピッチャーをやってみろよ」

このピロティには、マウンドやベースがあるわけではないが、いちおう十八・四四メートル、すなわちピッチャープレートからホームベースまでの距離を測った目印だけはつけてある。

おれは一方の目印の前でしゃがみ、グラブを構えた。

「どうなってんの？　ストライクゾーンって」

「呆(あき)れたもんだ。そんなことも知らないで野球の映画を撮ろうとしていたのかよ。――いいか、まずホームベースの上の空間だ。これに、打者の肩のちょっと下あたりから膝までの間という条件がつく。ごく簡単に言うと以上だ」

こっちが転がしてやったボールを、真野が拾って投げた。意外なことに、山なりだが、ノーバウンドでおれのグラブまで届いた。

「いまのはどっち？」

「ぎりぎりストライク」

もう一球放った。

「いまのは」

「ボールだな。――ほらもう一丁」

真野にゴロでボールを返してやった。だがそれは、プレートの目印を越えて向こう側へと静かに転がり続けていった。真野がさっさとその場を離れてしまったからだ。

「どうした」

真野が何か呟いたのが聞こえた。

――つながった。

おれの耳が正しければ、彼女はそう言ったはずだ。

いつの間にか、かつての同級生は傘もささずに雨の中へ消えてしまっていた。

6

こめかみを伝わった汗が目尻に沁みた。

顔の筋肉が強張ってしかたがない。

思考があちらこちらに飛んでしまい、落ち着いて物事を考えることができなかった。覚束ない気分に全身が包まれている。足が地面についている感覚が稀薄だ。それとは反対に、腕には力が入りすぎている。

今日の午前中は病院に行っていた。朝起きたら足首に違和感があったからだ。

ちょっとした筋肉痛にすぎなかったらしい。プレイには支障なしとの診断書をもらい、この試合には途中から参加した。

天気予報が外れることはなかった。空は見事なまでに晴れあがっている。これが先週と同じ球場なのかと疑わしくなるほどに。

この好天のせいで、客の入りは前回の五倍ほどにもなっていた。

スタンドの応援はうるさすぎた。これでは神経がよけいに苛立ってしまう。少しのあいだでいいから静かにしてほしい。

そんなふうに感じられるのは、集中力を欠いている証拠だった。

勝負に没頭しているときは、周りの音など聞こえなくなる。あるいは聞こえても、それを耳障りと感じることはない。スタンドやベンチから届けられる声援に、気持ちよく自分を乗せられる。

だが、いまはそれができなくなっていた。声を出すのも面倒くさかった。無理に叫んだところで打てるものではない、と考えてしまうのだ。

湖南中央輸送とＹＫデータ機器の二回戦は、一対一の同点のまま、九回裏に入っていた。

今日、ＹＫデータ機器の先発は、エースの背番号をつけた速球派のピッチャーだった。

初打席こそ凡退したものの、二度目の打席で、おれは、ストレートの中にときたま織り交ぜられる変化球を狙い打ちした。

相手のモーションは素早く、腕の振りもまた鋭いものだった。しかしおれの目は、相手のグリップがチェンジアップのそれになっていることを的確に見抜いた。結果、打球は右中間を破るタイムリーヒットとなった。

一塁ベースの上で、おれはスタンドに向かって軽くガッツポーズをしてみせた。そこには大勢の観客に交じって、今日もカメラを構えた大下と、そして真野が座っている。映画の完成はまだまだ先のことらしい。

五回の表に得点を許してしまったのは、守備の乱れのせいだった。なんでもないゴロを三塁手がトンネルしたのだ。このエラーが原因であっさりと同点にされてしまった。

誰あろう、湖南中央輸送の三塁手はおれだった。

九回の裏に三度目の打席が巡ってきた。

「ストライクっ」

「待ってくださいよ」

どうしてもエラーを挽回したいおれは、南郷の判定に不服で、思わず背後を振り返った。

「いまのは低いんじゃないですか」

うーん、と南郷は優柔不断な声を出した。

「そんなことないと思うけど」

マスクの下にあるのは、普段は見慣れない顔だった。今日の球審は南郷ではない。いや、南郷なのだが、いつも毅然とした態度を取っていた彼に比べたら、そこにいるのはまるで別人といってよかった。

――次の試合で埋め合わせをするから、許してくれないか。

南郷の情けない目は、どうもそのように哀願しているようだった。

そんな弱々しい態度じゃあこの仕事は務まりませんよ。どうしたんです。

何があったのかは知らないが、先週とはうって変わっていきなり弱腰になってしまった球審に視線で問いかけてから、おれはバッターボックスを外した。

三歩ほど進んでからその足を止めたのは、誰かが囁く声を聞いたからだった。

――つながった。

それは、おれ自身が胸中で発した言葉だった。

また背後を振り返った。南郷が、砂を被ったホームベースをブラシで掃いている。

その姿から目が離せなかった。

いまやっと分かったような気がしたのだ。なぜ司村の投球は乱れなかったのかが。

乱れていたのは球審の――南郷の心理だったからだ。

司村は小宮と揉み合った。ピアスという物証がある以上、それは間違いない。ならばあの試合の七回裏以降、彼は精神的に不安定だったはずだ。

するとＳ村の投げたナックルは、実際はボール球が多かったのではないのか。つまり乱れていたのだ。

それがほとんどストライクになったのはなぜか。

考えられる理由は一つしかない。拍子抜けするほど単純な理由だ。

もう一人いたということだ――心理的に動揺していた人物が。

その動揺があまりにも激しかったため、正確な判断ができずに繰り返した。誤ったジャッジを。だからスコア上は見逃し三振が多くなった。

それだけのことではないのか。

すると小宮を殴り倒したのは、そのもう一人の人物――球審の南郷だったとみてよさそうだ。司村が小宮と争ったあと、たまたま次に南郷がトイレに入った。そこでまた両者にトラブルが起きた、ということだろう。

観客席にいる真野の方へ、おれは視線をやった。こっちよりも一足先にこの考えに到達したに違いない彼女は、今日も興味がなさそうにスマートフォンをいじっている。その横では大下が真剣な顔でカメラを構え続けていた。

――凡打ならうんと悔しそうな表情をしてくれ。

そう言われているが、いまのおれは茫然としてしまい、顔に皺の一つも作る余裕すら持ち合わせてはいなかった。

第5章　炎種（ひだね）

1

三十分の休憩を告げ、おれは『炎種』の脚本をいったん閉じた。

今日撮影する予定のシーンは全部で三つあった。二つ目のシーンまでは順調に撮り終えたが、休憩時間になったとたん、頭の痛い問題を思い出し、椅子に座るのも忘れて腕を組んだ。

その姿勢のまま、スタジオの中に真野韻の姿を探す。気がついてみると、いつのころからだろう、悩んだときは何ごとも、まずあの小柄なスクリプターに相談するようになっていた。

韻の姿は薄暗いスタジオの隅にあった。壁に背中を凭せ掛ける格好で、スクリプト用紙に鉛筆を走らせている。

やがておれの視線を感じたらしく、顔を上げ、壁から背中を離した。

手招きをすると、首からぶら下げたストップウォッチを揺らしながら、のろい足取りで近寄ってくる。何を考えているか分からない無気力そうな表情はいつものことだ。

「ちょっと困ったことになった」

「どうしたんです」

「やりたくないんだそうだ」

「誰が何をです」

「お姫様がこれをだ」

髪を切る仕草をしてみせながら、おれは池端つつみの方を見た。

椅子に座った彼女をマネージャーの男性がタオルで扇いでいる。今日の撮影開始から六時間以上が経過していた。これだけ広いスタジオだが、ライトの熱はもう隅々にまで行き渡っている。

『火種』は結果的にそこそこのヒットを記録した。続編が作られることになり、メガホンは前作に引き続き、おれ——森次春哉に託された。

『炎種』とは、脚本も担当したおれが無理やりひねり出したタイトルだった。『火種2』でも『続・火種』でも安易に過ぎるから、試しにこんな言葉を考えてみたのだ。

「ほのおだね」——ずいぶん語呂が悪いから、会社には反対されるだろうと思っていた。ところがなぜか、社の上層部はこの題名も含めてゴーサインを出してしまった。

ただし読み方は「ほのお」を強引に「ひ」と読ませ、今回も「ひだね」とされた。発音が同じでも「火」から「炎」に漢字が変わったことで、十分に「パート2感」は出せるとの判断だ。

まあそれもありだろうが、この映画がソフト化され、店頭に並んだときには、ちょっとした混乱が起きるかもしれない。セルにしてもレンタルにしても、棚を自分で探さず、スタッフにタイトルを口頭で告げて注文してくる客だっているはずだ。

それはそうと、今回の物語では、主人公の女弁護士、火村千種が敵の目から逃れるため、長い髪をばっさりと切って少年のようなショートカットになる。そのようなシーンがあるのだ。

亡くなった日乃万里加に代わって千種を演じる池端つつみは、当初この場面で地毛を切ることに承諾の意を示していた。

だというのに、ここにきて急に「嫌だ」と言い出した背景には、いったいどんな心境の変化があったのか。

理由を訊ねても「無理なものは無理」としか言わないのだから弱ってしまう。

まるで小学生のガキだ。日乃万里加だったら、こんなわがままは言わなかっただろうに……。

「何かいい説得法はないか」

「どうしてもショートじゃないと駄目なんですね」

「ああ、駄目だ」

なぜこんな奇跡が起きてくれたのか自分でもよく分からないのだが、脚本の出来は一作目に比べて格段によくなっている。

ヒロインのパートナーとなる新キャラを演じる牧村省平のアクションも悪くない。

この映画は成功するに違いないのだ。

だから、おれ自身も出資者になっていた。自宅を抵当に入れて製作資金の一部を調達している。そんな事情もあるから、少しでも妥協する気にはなれない。

「分かりました。では、そうですね……」

韻は呟き、くるりと首を回した。誰かを探しているようだ。

やがて彼女は、顔の向きを一箇所に固定した。

おれは韻の視線を追った。その先にいたのは、若い助監督だった。

「小堺」

韻の代わりにおれは声を張り上げ、助監督の名を呼んだ。

のったりと歩く韻と違い、小堺は駆け足でこちらにやってきた。こうでなければ助監督は務まらない。

ただし、いつもの小堺なら動きはもっと素早いはずだ。何か気がかりなことがあるらしく、『刑事コロンボ』のようなドラマを作りたいと意気込んで映像の世界に飛び込んできた二十七歳の若者は、このところ顔色が悪く、いま一つ元気がなかった。

「何でしょうか」

小堺がおれに向かってそう訊いてきたので、韻の方へ視線をくれてやり、質問はそっちにしろ、の意を伝えた。

「きみは何でもできるよね」

そんな韻の問い掛けに、小堺は視線をあらぬ方向へさまよわせた。どう答えたものかと言葉を探しているのだ。

「何でもと言われても困りますが……。トラブルでも起きましたか」

「お姫様がごねているんだって」

いまの言葉を、韻は少しも声のボリュームを落とすことなく言った。そばで聞いている身としてはハラハラせざるをえない。

「当然、小堺くんも知ってるでしょ」

「はあ。まあ」

助監督は、ときとして監督よりも現場の事情に詳しいものだ。つつみがショートにするのを拒否していることは、当然承知しているはずだった。

「小堺くん、あれ持ってるかな」

「あれと言いますと」

「バリカン」

小堺はまた間を置いた。

彼にはどうも、あれこれ考えすぎる癖があるようだ。この点は助監督としては、いささか致命的だ。撮影現場はとにかく忙しいのだから、監督としての立場から言わせてもらえば、どんな質問にも一言で即答してほしい。

「ぼくは持っていませんが、メイクさんに借りれば手に入ります」

「きみ、使ったことある？」

小堺は目を丸くして、えっと声を出した。そばにいた何人かのスタッフがこちらを向くほど大きな声だった。

「もしかしてぼくに」小堺は背中を丸めることで声のトーンを落とした。そしてまたしばらく間を置いてから言った。「それでつつみさんの髪を切れ、とおっしゃるんですか」

小堺は韻とほぼ同世代だが、彼女と話すときはいつも敬語だった。彼もまたこのスクリプターには一目置いているわけだ。

「そんなの絶対――」

小堺はちらりとつつみの方へ目を向け、さらに声を低くした。

「無理ですよ」

韻は小堺の耳元に手を伸ばし、パチッと指を鳴らすことで、こっちに目を戻せと彼に伝える。

「ちょっと、勘違いしないで。あなたがバリカンを向ける相手はね――」

そして彼女は、おれの方をじっと見据えた。

鏡の中に見知らぬ人物がいた。

見た目の印象というものは、頭髪の有無でこれほどはっきりと変わるものなのだ。自分が〝モデル〟になってみて、それが初めてよく分かった気がした。

おれが通った学校は、小、中、高とも校則のゆるいところだったし、本格的にスポーツを経験したこともない。だから頭を坊主にしたのは初めてだった。

「本当にすみません」

メイクのスタッフからバリカンを借りた小堺は、それを鏡台の前でおれの頭に当てつつ、さっきからずっと同じ言葉を口にしていた。

「いいんだ、忘れろ」

頭を丸めるのにかかった時間は十五分ほど。小堺がバリカンを持つ手を止めたときには、ちょうど休憩タイムが終わっていた。

キャップを被（かぶ）ると、さすがにゆるゆるだった。

「それから、今日の撮影が終わったら、ちょっと付き合ってくれ」

「どんな御用でしょうか」

「赤城りんて名前、もちろん知っているよな」

「ええ。ベテラン女優の、あの赤城さんですよね」

「ああ。これまで一緒に仕事をしたことがあるか？」

「いいえ。まだありません」

「そうか。実は彼女の自宅まで、出演の交渉に行く必要がある」

以前、赤城りんを『そよ風に鐘が鳴る』という映画で起用した。そのときの演技がよかったから、今回の『炎種』にもワンシーンだけだが客演してもらいたかった。

「一緒に行こう。運転手を頼みたいんだ。ついでに赤城さんにおまえを紹介してやるよ」

「はい。よろしくお願いします」

メイク室を出てスタジオに入って行った。

池端つつみの前に座る。キャップを取ったところ、案の定つつみが驚き、一歩後ろに下がった。

その気配に気づいた彼女のマネージャーが駆け寄ってくる。

「監督、どうしたんですか？　そのヘアスタイル」

つつみのマネージャーが投げてきた問い掛けの声には、戸惑いと憐れみが混じっていた。

戸惑ったのは、「ヘアスタイル」という言葉が果たして適当なのかどうか、一瞬逡巡したためだろう。

憐れんだのは、撮影でヘマをやらかしたものと解釈したからに違いない。責任を取る意味で頭を丸めたのだと。しかも真顔でいるところを見ると、冗談ではなく本当にそう思い込んだようだ。

たしかに、こんな頭になった以上、悪事の一つでも働かないことには割が合わないような気もする。

何はともあれ、マネージャーの声がスタジオ中に響き渡るほどの音量だったため、おれの〝ヘアスタイル〟の劇的な変化は、一瞬にしてスタッフの間に知れ渡ってしまった。

2

助手席で、おれは再び尻（しり）の位置をずらした。

スタジオが所有する車は何台かあるが、中でもこのワンボックスはかなり古い方だった。座席のスプリングにガタがきていて、乗り心地があまりよくない。

だが、尻の痛さ以上にいまおれを苦しめているものがあった。

尿意だ。

車が揺れるたびに、膀胱（ぼうこう）が刺激されてかなわない。今日の撮影を終えた時点ですでに、赤城りんとの約束ぎりぎりの時間だったから、慌ててスタジオを飛び出さざるをえず、ついトイレに行きそびれてしまった。

こうなったら赤城の家で手洗いを借りるしかない。そう思っているから早く到着してほしいのだが、こんなときにかぎって小堺の運転はやけに慎重だから苛々が募る。

途中、赤信号で停まると、電柱に設置された警察の看板が目に入った。

【四月＊日、この付近で轢き逃げ事故がありました。目撃情報をお持ちの方は、＊＊警察署までご連絡ください】

小学生男児が車に撥ねられ、足を骨折する怪我を負った事故は、おれもテレビのニュースで見て知っていた。

赤城りんの家は、大通りから少し入った住宅街にあった。来客用の駐車場も広めに設けてある。

小堺と一緒に門をくぐった。

「いらっしゃい。待ってたわよ」

出迎えてくれたのは赤城自身だった。彼女はずっと独身だし、手伝いの人を雇ったりもしていない。

このところはずっと舞台に出ていたため、『そよ風に鐘が鳴る』を別にすれば、長らく映画界からは遠ざかっていた女優だ。歳はもう八十になるはずだが、趣味のゴルフによく出かけているせいか、肌の色艶は若いころのままだ。

茶の間に通された。中央にこたつがあり、隅にはゴルフバッグが置いてあった。

「すみませんが」茶の間に座る前に、おれは言った。「トイレをお借りしていいですか」

「どうぞ」

用を足している間に思い浮かんだのは、池端つつみの顔だった。その顔が韻のものに変わる。

坊主頭で黙って演出を続け、今日の撮影が終わったところで、さしものつつみもショートカットになることを諒承してくれた。韻の作戦どおりになったのだからこれぐらいは——。

ズボンのチャックを引き上げ、坊主頭をつるりと撫でた。

これぐらいは我慢しなければならないだろう。

冷え切った手をハンカチにくるみながら手洗いを出て茶の間に戻ると、なぜか赤城りんが姿を消していた。

さらに室内へ歩を進めたところ、赤城が畳の上に横になっているのが分かった。足の方はこたつの下に入れたままだ。

小堺は、こたつを挟んで赤城を見下ろすように立っていた。

おれは小堺の背後から赤城の様子を覗き込んだ。

最初は眠り込んでしまったのかと思った。だが、年齢に合った地味な色をした洋服が微動だにしない。呼吸をしていないからだ。

赤城は頭を横に傾け、万歳でもしているかのように両手を投げ出していた。こめかみの部分から薄く血が滲(にじ)んでいる。

目の前にある光景が現実のものとは思えなかった。ただ思考が空転するだけで、何が起こったのかを考えようとしても、まったく見当がつかない。脳に穴が開いたような錯覚を覚えるだけだ。

小堺は顔を真っ白にし、全身を小刻みに震わせていた。口を半開きにしたまま、視線を茫然(ぼうぜん)とあらぬ方へと彷徨(さまよ)わせている。

「どうした。何があった」

小堺は血走った目をおれに向け、両手に持ったものを突き出してきた。白くなった手に握られているのはゴルフクラブだった。

小堺は手にしたクラブを握り直し、赤城の方へ震える顎(あご)をしゃくった。

「この人を——こいつで殴ったんです」

「殴ったって、誰が？　おまえがか」

小堺は目だけで頷(うなず)いた。

「嘘(うそ)……だよな」

小堺は、黒板に書かれた文字を一つずつ拭(ふ)き消しでもするかのように、ゆっくりと首を振っておれの言葉を否定していった。

「なぜそんなことをした」

小堺は答えず、両手を使ってクラブを赤城のそばに投げ捨てた。持っていたものが汚物だと気づき慌てて放った、といった仕草だった。

おれは赤城の傍らまで行ってしゃがみこんだ。脈を取ってみる。しかし指に感じるものはない。単に探し当てることができないのか、それとも既に脈そのものがなくなっているのか――。

赤城の顔にふりかかった髪の毛をかきわけて表情を見ようとした。彼女の目が見開かれたままじっとおれの方を向いている。驚いて飛びのいたせいで、背後の箪笥に頭をぶつけていた。

とにかく死んでいる。赤城は小堺に殴り殺されたのだ。そう確信したとき、居間にあった白い電話機が目に入った。

その電話機ににじり寄り、受話器を取り上げたが、消防と警察の番号がとっさに出てこない。

警察も消防も1から始まる三桁の数字だったことを思い出し、みっともないほどに動揺している自分に舌打ちしながら、プッシュホンのボタンを押していった。

まず消防にかけようと1を二回押したとき、左の肩に突然の痛みを感じた。誰かに強くつかまれたらしい。おれは受話器を持ったまま身を震わせた。赤城がまだ死んでおらず、助けを求めてきたのかととっさに思ったのだ。

しかし、振り返った先にあったのは小堺の血走った二つの眼球だった。

腹の底から絞り出すような声で助監督は言った。

「待って、ください」

すがりつく小堺を振り払うわけにもいかず、いったん受話器を戻した。

血走った目を見据えながら次の言葉を待つ。

その真っ赤な目を小堺はおれにぐっと近づけてきた。眼球を走る血管が滾(たぎ)っている。

「映画が終わりますよ」

一瞬だけ考えなければならなかったが、彼の言いたいことはすぐに理解できた。

スタッフが殺人を犯したとなれば、いま撮影中の『炎種』の製作が中止に追い込まれるということだ。

ンなこと言っている場合かよ——そう頭では理解していながら、すぐには受話器に手を伸ばすことができなかった。それだけではない。おれは自分の思考が別の方向に動きだすのを感じ始めていた。

小堺は口もとを軽く吊(つ)り上げた。

「なぜ殺した?」

赤城の死体に視線を落としたまま小堺に問うた。

「ここへ来る途中に、轢き逃げ事件発生の看板があったでしょう」

「ああ」

「あれが原因です」

「よく分からんが」

「見ていたんですよ、あの事故を、この人が」

小堺は赤城を蔑むような視線で見下ろした。

「この婆さんが、突然ぼくを見て言ったんです。『小学生の男の子を撥ねたのは、あんたでしょ』って」

「……そうなのか」

もう一度小堺は頷いた。今度は目だけでなく首も使って、さっきよりも深く。

「犯人はおまえで、赤城さんが目撃者だった。そういうことだな」

「はい。赤城さんが『通報する』と言ったので、仕方なく殴って、口を封じました」

「……これから、どうするつもりだ？」

これにも小堺は答えない。おれは苛立ちを抑えつけながら彼の返答を待つことにした。

汗が額を流れ落ちたが、ハンカチを使う気にすらなれなかった。

相手が口を開くまで、聞こえるのは耳鳴りの音だけだった。

「他人のせいにしましょう」

一分ほどの沈黙を経て、小堺が発した言葉がそれだった。

「他人って——おれたちのほかには誰もいやしないぞ」

「だから狂言ですよ。いきなり強盗が乱入してきて、この婆さんを殺し、金を奪って逃げたことにするんです。そう警察に証言するんですよ」

馬鹿げている。

呆(あき)れ返ったおれは、何度もゆるく首を振ることで小堺にその内心を伝えた。

「そんな嘘が通るはずないだろう」

「どうしてですか？　ぼくが殺した現場を見た証人でもいるって言うんですか？」

「状況から明らかだ」

「状況証拠だけなら捕まりません」

「物的なそれだってあるだろう」

おれが赤城りんのそばに転がっているクラブを指さすと、小堺はふっと鼻から息を漏らした。

「そんなもの、指紋を消せば済みますよ。ぼくはよく知りませんでしたが、この人は舞台では有名な役者なんでしょ。それならこの家に強盗が押し入っても不思議じゃない」

さっきまで震えていた小堺だが、その口調はいつの間にかだいぶ冷静になっていた。

「監督、ぼくたちは映像のプロですよね」

「だったらどうした」

「だったら、ぼくと口裏を合わせて下さい」

『炎種』の製作が中止になれば、自宅まで抵当に入れているこっちは破滅だ。その事態だけは、どんな犠牲を払ってでも避けなければならない。

おれの気持ちは小堺の提案に傾きかけていた。

だが、心境の変化を悟られたくない心理も働いて、おれは努めてそっけなく答えた。

「無理だ」

「森次監督は、もちろん『刑事コロンボ』を見たことがありますよね」

「こんなときに、何を暢気なことを言ってるんだ？」

「いいから答えて。ありますか？」

「あるよ」

「それなら、あの風采の上がらない刑事が、物的証拠が何もない段階から犯人の目星をつけてしまうのをご存じでしょう。なぜそのような芸当ができると思いますか？」

「おい、いまはテレビドラマの話をしている場合か？」

「いいから、考えてください。なぜ物証がないにもかかわらず、コロンボは登場してすぐに犯人を見抜くことができるんですか？」

「おれの知ったことか」

「いいでしょう。それなら教えてあげますよ。コロンボはね、殺す動機を持っている人物を探すんですよ。真っ先にね。殺人によって一番利益を得る人間を探す。そいつが犯人に違いないからです。状況がどうだろうと関係ない」

おれはポケットに手を突っ込んだ。ようやくそこからハンカチを取り出し、額に押し当てる。

「たとえ犯行のあった時間に地球の裏側にいたというアリバイがあったとしても、動機が一番強ければ、そいつが犯人だとにらむんです。その証拠に、あるエピソードで『あたしゃ動機中心主義でねえ』と言っています」

「それがどうした？」

「轢き逃げの犯人だとバレない以上、ぼくには動機がありません。赤城りんを殺す理由が」

どう切り返していいのか分からず、続く言葉を待つしかなかった。

「次にコロンボは何をやるかご存じですか？　もちろん聞き込みです。殺人事件の関係者から事情を聴取します。——こういうエピソードがありました。男と女が協力して殺人を犯し、口裏を合わせて狂言を仕組んだというストーリーです。コロンボは二人から別々に話を聞くとすぐに頭の中でシミュレーションをしました」

ハンカチを折り畳んでから、首筋にも当てた。乾いた布の感触が、かえって不快だった。冷たいおしぼりが欲しくてたまらない。

「証言をした人物になりきってね。男の証言を聞いたら男に、女の証言を聞いたら女になりきった。もっとも刑事だったら当たり前にやっていることです。ただ、コロンボって人はこの作業が異常に速く、しかもぬかりがない。だからすぐに目星をつけた人物が犯人だという確信を得ることができるんです」

場は完全に小堺のペースになっている。

戸惑うしかなかった。監督が助監督に、とんでもない場所へ強引に連れて行かれようとしている——。

「証言者が犯人であれば、必ず矛盾点が出てきます。なぜなら犯人は自分の犯行を隠すために嘘をついているからです。嘘は絶対に矛盾を生みます。どんなに綿密に口裏を合わせて狂言を仕組んでも、徹底的にシミュレーションすれば、証言と証言の間にある、ささいな、ほんのささいな食い違いが見えてくるんです」

汗を拭き終え、おれはハンカチをポケットに突っ込んだ。

「食い違いの意味するものは、すなわち嘘です。嘘を言っているものが犯人ということは明白です。だから証言を聞いただけでコロンボは犯人を割り出すことができるんですよ。あとはじっくりと物的証拠を見つけていけばいい。これがコロンボの捜査法なんです」

「……くどいぞ。要するに、おまえは何を言いたいんだ」

「ぼくが言いたいのは、いま言ったことの裏返しですよ。つまり動機がない以上、証言と証言が一致していれば、ぼくの犯した殺人は立証されないということです。ただし単なる一致じゃ駄目なんです。完璧な一致、針の穴ほどの食い違いすらない文字通り、水ももらさない、完璧な一致です」

「つまり、完全に口裏を合わせるってことか」

「ええ」

「そんなことができるはずがない。いいか、警察はおれたちを別々の部屋に一人ずつ入れて事情を訊くに決まっている。そうなれば、いくら事前に打ち合わせをしたところで、予期しない細かい点で、おれたちの供述は少しずつ食い違ってくるはずだ。必ずな。それを防ぐ方法なんかない」

「いいえ、ある――かもしれませんよ。たいした方法じゃありません。でもやってみる価値はあります。ちょっと時間はかかりますが。でも、警察へ通報するのが少しくらい遅れたって、いくらでもいいわけはできますから、その点は問題なしです」

ほう、とおれは顎を上げ、小堺を見下ろすようにした。

「いったいどういう方法だ?」

「乗ってきた車の中にビデオカメラがあります。それを使うんです」

小堺の声は少しだけ震えていたが、底の方には自信が覗いていた。

「いいですか、口裏を完璧に合わせる方法は、二人の共通認識をがっちりと作り上げることです。つまり二人ともまったく同じものを見てしまえばいい。何度も何度も見る。そしてどんな細かい点についても認識を完全に一致させておくんです。——ぼくの言っている意味が分かりますか」

「だいたい分かるが……。見るって、いったい何を見るんだ」

「だから、犯行現場ですよ。犯行現場を実際に見るんです。ビデオを使ってね」

「実際に見る？　それは可能なのかよ。強盗なんて本当はいなかったんだからな。赤城さんを殺したのはおまえだ」

「ぼくたちが演技をするんですよ。犯人たちになって。迫真の演技をする。実際に玄関を入るところから始めて、あの襖を開けて、この部屋に入り、ぼくたちを脅し上げて、赤城りんを殺して、金を奪って、逃走する。そこまでの演技をするんです」

「おれたちが、か」

「ええ。そして、その様子をビデオカメラで撮る。撮った映像を何度も何度も繰り返して見るんです。そして完全に二人の見たものを一致させる。百聞は一見にしかず、です。言葉で打ち合わせても必ずボロがでる。しかし、同じ映像を体験すれば——」

「口裏は完璧に一致する、か」

「ええ」

特に、ぼくたちは映像のプロですから。

そう助監督は付け加えた。

3

署の建物を出て、パトカーの並ぶ駐車場を出口に向かって歩いているとき、自分の足取りは思ったより軽かった。

所轄の警察署において強盗殺人事件の参考人として事情を聴取されたおれは、その日のうちに帰宅を許された。

小堺は、おれより一足先にもう帰ったらしい。

彼もうまく切り抜けることができただろうか。

いや、その点は心配あるまい。言い出したのは小堺の方だ。それに二人で十分な準備はしたのだ。

実際、刑事の質問に対し、小堺はテンポよくほぼ即答で答えていたようだ。取調室の壁が薄かったせいで、隣室で話をしている小堺の声がわずかに聞こえてきたから、それが分かった。

「また何かありましたら出頭を願います」

取調室から出るとき、中年の刑事は、おれの背中へそう声をかけてきた。

「殺人事件の犯人は、ほとんどが被害者と顔見知りなんですよ。流しの強盗ってのは滅多にいるもんじゃなくてね」

限りなくクロに近いシロ。徹底的に疑われていることは明白だった。

とはいえ、轢き逃げ事件が解明されないかぎり、小堺とその協力者であるおれには動機がないも同然だ。逆に表向き、おれたちは、映画の出演予定者を失って困っている被害者とさえ言えるのだ。

何はともあれ、こうして帰宅を許された理由は、おれと小堺の証言に全く矛盾がなかったからに違いない。小堺が言ったように、二人の狂言には針の穴ほどの食い違いすらなかったはずだ。

――犯人たちが押し入ったというのは何時ごろですか。

――犯人たちはどんな格好をしていましたか。

――犯人たちは何か言いましたか。

――それは標準語でしたか。訛り（なま）はありませんでしたか。

刑事に訊かれたことに関しては、できるだけ詳細に話した。あまり細かい点まで詳しく供述してしまうとかえって疑われるのではないか。そうも心配したが、小堺の証言と完全に一致していることを強調するため、敢（あ）えて口にした。

まさかあんな方法が本当にうまくいくとは思わなかった。狂言はしょせん狂言だ。いずれは手が後ろに回るかもしれない。しかし、いまのところは自由の身だ。撮影を続けることができる。家を失うかどうかの瀬戸際なのだ、とにかくフィルムに映像を刻み続けるしかない。

スタジオに戻ると、数人のスタッフはまだ残っていて、その中に韻の顔もあった。

——赤城りんの家を訪れたら、いきなり強盗に押し入られたので、これから警察へ行く。

おれがスタジオ側に入れた連絡は、ほぼ全員に行き渡ったようだ。誰もが心配顔でおれの口元に注目している。もっと事件の情報を知りたがっているのだ。

こっちだって、胸に溜まったものを吐き出して少しでも楽になりたい。だが、吐き出す相手は一人だけで十分だった。

おれは韻だけを連れ、スタジオ二階の調整室に入った。

警察で受けた事情聴取の一部始終を話してやると、彼女は俯くようにして首からぶら下げていたストップウォッチをいじり始めた。

その手は止めることなく、やがてゆっくりと顔を上げた。

「小堺くんが犯人なんですか」

それが韻の第一声だった。面食らいながらも、彼女のことだから案外あっさり真相を見抜くかもな、と心のどこかで予想していたのも事実だった。

「……どうしてそう思う」

「つながりませんから」

韻は表情一つ変えずに言った。

「何がつながらない」

「小堺くんの証言がです。矛盾しています」

「どんなところが」

韻はいじっていたストップウォッチの文字盤をこちらに向けてよこした。

「時間です」

おれには、まだ意味が分からなかった。

「刑事の質問に、小堺くんが即答していた。監督はいまそういう意味のことを言いましたね。そこが気になったんです」

文字盤を自分の方へ向け直し、韻は続けた。

「彼は普段、それほど流暢（りゅうちょう）に受け答えをしません。こっちから質問すると、だいたいの場合、いったん頭の中で話す内容を考え、ある程度の間を置いてから応答します」

気がつくと手が勝手に動き、坊主頭を上から押さえていた。

指摘されてみれば、たしかに韻の言うとおりだ。

刑事たちは普段の小堺がどんな人間なのかを知らないが、捜査を進めるうちにいずれ、いま韻が指摘した点に気づき、疑念を深めることだろう。

これ以上苦しくならないうちに、もう一度出頭し、すべてを正直に打ち明けてしまう方がいいかもしれない。

――悪事の一つでも働かないことには割が合わない。

今日の昼間、そんな冗談めいたことを思った坊主頭から、おれは手を離した。

結局、その悪事に手を染めてしまったのだから、先に頭を丸めておいて正解だったわけか……。

「その頭だけは」

おれの胸中を見抜いたらしく、韻がそっと呟いた。

「つながりましたね」

第6章　冥い反響

1

持病の胃痛が再発したのは、朝方だった。

油断があった。このところは治まっていたために、注意を怠ってしまった。一か月ほど何ともなかったから、体に爆弾を抱えているのをすっかり忘れていたのだ。

起き上がろうとしたら、臍の上あたりに太い鉄の釘を打ち込まれたような感覚が走った。呻き声を上げながら、布団の上で体を丸めた。

なかなか痛みは引かなかった。

そんなときに電話がかかってきたので、おれは額に滲んだ汗を拭きながら受話器を取った。

《牧村さまですか》

若い女性の声だった。

《利息の支払いは本日になっております。失礼ですが当社の決まりによりまして、念のため確認のお電話を入れさせていただきました》

「そうですか。どうもご丁寧に。あとで伺いますので」

おれは街金の女性社員に約束し、電話を切った。

端役で出演したオリジナルビデオのギャラ、十五万円が昨日振り込まれてきた。このうち、五万円は街金に返し、五万円は小藪重行(こやぶしげゆき)に渡す。残った五万円が当座の生活費だ。午後から車で出掛けた。

フロントグラスの向こう側に、小藪の顔が浮かんだ。

これ以上あいつに金の無心をされたら、この車も処分しなければならなくなる。

何より、こっちは二枚目路線で顔が売れ始めているところだ。街金への出入りはスキャンダルになる。

いま、そんなゴシップを週刊誌やスポーツ新聞で書き立てられるわけにはいかない。

——大丈夫だ。

小藪も、今日を限りに無心を止(や)める、と言っていた。かつては親友だった相手だ。その言葉は当面信じておいてもいい。

目指す業者の事務所は、雑居ビルの三階にあった。エレベーターを待っている時間が惜しいが、階段を上って行くのは、胃の具合からして無理のようだ。

足踏みしながらエレベーターの箱が下りてくるのを待った。

近くを若い女の一団が通り過ぎていったとき、

「あの人、牧村省平に似てる」

「誰(だれ)だっけ、それ」

「ほら、俳優の」

「本人じゃない？」

そんな声が耳に届いた。おれは目を伏せた。

2

街金に利息を返したあと、おれはT町へ向かった。

撮影所に近いこのあたりは、よくロケに使われたりする場所だから、おれにも馴染みが深い。

マンション『ヴィラ・曙』を見上げた。

カーテンは引かれたままだ。もう昼間だというのに、小藪はまだ鼾をかいているらしい。

五〇三号室のインタホンを鳴らした。

「おれだ。牧村だ。早く開けてくれ」

ドアが開き、小藪が寝惚けたような顔を覗かせた。

「いらっしゃい」

息が酒臭かった。体から甘酸っぱい匂いをさせている。覚せい剤の中毒者はたいていこうだ。

おれは、自分の頬が粟立つのを感じた。

嫌いな相手と会うと蕁麻疹が出る人がいるそうだが、よく分かる。おれの場合も、小藪を前にすると同じような現象に見舞われるからだ。こいつと間近で対峙すると、蕁麻疹とまではいかないが、鳥肌なら確実に立つ。

リビングへ。向かい合って座った。

おれはテーブルの上に五万円入りの封筒を載せ、それを小藪の方へ押してやった。

小藪もおれと同じようにテーブル上に手を出し、それを摑んだ。

おれが手を引っ込めると、小藪も伸ばしていた腕を体の方へ戻し、封筒を引き寄せた。

「約束を覚えているな。これが最後だ」

「分かってるって」

おれが封筒へ目をやると、小藪もちらりと自分の手元を見た。

「札を出して数えたらどうだ」

「いや、あんたを信用する」

「小藪、おまえのやっていることを知ったら、親は泣くな」

「余計な心配だって。お袋はもうほとんどボケちまってるよ」

父親は亡くなったが、七十代の母親は存命で、東北の寒村で独り暮らしをしている。そう小藪自身の口から聞いたことがあった。

おれと小藪は、かつては仲のいい新人俳優同士だった。一度、一緒に酒を飲みに行ったとき、羽目を外し、違法なドラッグをやったことがある。

その後、おれと小藪の間にはかなりの差がついた。こちらにはコンスタントに出演依頼が舞い込むようになったが、小藪には端役すら回ってこなくなった。やがて完全に仕事がなくなり、身を持ち崩して薬物依存となった。

そんな小藪からおれが距離を置くようになったとき、彼がおれを脅迫し始めたのだった。

——この写真をバラ撒かれたくなければ、こっちの生活を援助してほしい。

違法ドラッグを試してみた際、二人の姿を小藪は携帯で自撮りしていた。証拠を握られている以上、おれにできることは一つだけだった。要求されるまま何度も金を渡す。それだけだ……。

リビングの隅に目をやると、そこには薄汚れたスマホが放り出されてあった。いまもあの中に例の写真が入っているのか。だとしたら、窓から放り投げて壊してやろうか。いや、そんなことをしても無駄に違いない。クスリで少々頭をやられているとしても、コピーを取っておくぐらいの知恵は働くはずだ。

無性に煙草が吸いたくなり、おれは上着とズボンのポケットをまさぐった。尻ポケットにあったセブンスターのつぶれた箱には、二本しか入っていなかった。

見ると、こっちと同じように、小藪も衣服のポケットを手で探っていた。

おれは一本取り出し、残りを箱ごと小藪の方へ放り投げてやった。

おれが煙草に火を点けると、小藪も自分のライターでそうした。

「牧村、おまえの今日の予定は？」

「撮影所で脚本の読み合わせがあるから、それに出る」

読み合わせは午後三時からだ。まだ少し余裕がある。

「ほう。タイトルは」

「『壊れた明日』」

「最低だな。昭和かよ」

たしかに。ただし、脚本も担当した監督の大下は、わざと狙って古臭い題名にしたと言っている。

「で、おまえの役は」

「藤堂って名前の刑事だ。マンションの三階から飛び下りる見せ場がある」

「自分でやるのか」

「さあな」

「マンションって、どこのだ」

「そこだよ。この部屋からただで見物できるぞ」

おれは椅子から腰を浮かせ、窓際へ行き、ベランダに出た。

小藪も立ち上がり、おれの背後に立ったようだ。それが気配で分かった。

この部屋の窓は南西に向いていた。ベランダからは向かい側に立つ『コーポ・サンセット』という名前のマンションがよく見える。

こっちが朝日なら、あっちは落日というわけだ。うまく対になっているのは、敢えて狙ったネーミングだからか。

それはともかく、向かいの『コーポ・サンセット』が『壊れた明日』のロケ地に予定されているマンションだ。

五階のここからだと、ちょうど斜め下に見下ろす形で、『コーポ・サンセット』の小さな庭が見える。その庭にマットを敷いて、三階の一室から飛び下りる、というのが撮影の内容だった。

大型のエアマットを敷くから、その上にさえ落ちれば一応は問題なしだ。しかし建物の三階と言えば、高さは八メートルほどになるため、まったくリスクがないと言えば嘘になる。

その危険なアクションシーンを、自分でやるか、それともスタントマンに任せるか。おれはいまだに迷っていた。

【スタントマンなしの体当たりアクション】。この言葉は、それなりの宣伝効果を発揮する。だから大下は、おれにやれと言っている。

大下にはこれまで何度か使ってもらっていた。世話になった恩がある以上、できるだけ望みに応えてやりたいとは思うのだが……。

「撮影は六月三十日だ」

「見物なんてしねえよ。勝手にやれってんだ」

「そうか。――じゃあな」

おれは小藪に短い挨拶を投げ捨て、玄関へ向かった。

靴を履いてから、体を半分だけ捻って振り返る。

「もう一度言うが、これが最後だからな」

「分かってるって」

おれは小藪の方へ向かって人差し指を立てた。

「この際だから、一つはっきり言おう。おまえとは縁を切る。もう会いに来ないし、おまえも来るな」

小藪も人差し指を立てて頷いた。

「ああ、約束する」

3

スタジオの車庫に車を停めた。降りる前にダッシュボードから鏡を取り出し、覗き込む。笑顔を作ろうとしたが、どうしても強張ってしまい、うまくいかなかった。

――分かってるって。

そう小藪は言った。だが、やつはまたやって来るに違いない。際限がないのが強請りだ。もしそうなったら、たぶんおれは、小藪に対して殺意を抱くだろう。

冷静になって考えてみれば、本当にあの男を、早めに始末した方がいいのかもしれない。彼はクスリで理性を失っているだろうから、これからどんな行動に出るか分かったものではない。何か事件でも起こせば、あいつの部屋が警察に捜索されてしまう。そうしてスマホが押収されたら、例の写真が公になるおそれがある。

そうなる前に、小藪にはこの世から消えてもらう。

おれのスケジュールはこの先ずっと塞がっていて、とにかく暇がないから、やるなら、撮影の合間しかない……。

指定されている会議室に行くと、出演予定者のほとんどが顔をそろえていた。

脚本の読み合わせは、予定どおり午後三時ちょうどから始まった。

「昔ね、友だちのお父さんが、警察官をしていて、危ない仕事だから、その子がすごく可哀そうに思えたの」

その台詞を口にしたのは、スクリプターの真野韻だった。

おれの妻を演じる女優が急に来られなくなったため、彼女の代わりを韻が務めたわけだが、まるで棒読みだ。とても聞いていられない。

「ああ、自分の旦那が暴力団担当の刑事になるなんて、思ってもみなかったな」

この下手な台詞回しに、監督の大下は、「いいよお」などと相槌を打っている。彼らの間に何があったのかは知らないが、大下は韻が気に入っているらしく、彼女をいつも自分のそばに置いていた。

「我慢してくれ。今年限りだ。いま抱えているヤマを片付けたら、約束どおり、総務課への異動願いを出す」

相手が下手だから、おれの台詞にも、なかなか気持ちがこもらない。

アクターズ・スクールに通っているころは、よく講師に言われたものだ。「自分の台詞よりもまず、相手のそれを覚えなさい」と。

これは一理ある。相手の台詞を耳にしたとき、心に浮かんでくる感情。それが大事なのだ。この感情を自分が喋る言葉に込めると、より演技の質は上がる。

だからデビューしたてのころは、相手の台詞も極力覚えるようにしていたものだ。

そんな初心も、いまではほとんど忘れてしまった。たまたま回ってきた役で人気に少しだけ火が点き、台詞をもらえるようになってからというもの、次の役を確保する根回しの方ばかりが忙しくなってしまっている。

読み合わせを終えたあと、おれは大下の前に立った。

「例の飛び下りですけど」

「やる気になったかい」

「いいえ。やっぱり無理です。スタントマンを手配してください」

「残念だな。まあしかたないか。——分かった。じゃあ、誰かやれる人を知らないか」

「そっちで適当に探してくださいよ」

「彼はどうした。ほら、大藪くんだっけ？　きみと仲がよかった人」

「小藪ですか」

「そうそう」

「やめた方がいいと思いますが」

——あいつはもう使いものになりませんから。

さすがに、そこまでは口に出して言えなかった。

4

一般的に映画は、屋外シーンから先に撮るのが普通と言っていい。しかし本作の場合、各出演者のスケジュールから総合的に判断した結果、スタジオでの撮影からクランクインするのが適当だろうということになった。

セットに入ると、真野韻が柱を磨いていた。

ハリウッドなら、大道具係が「おれの縄張りに手を出すな」と怒るところだが、ここでは、誰がどんな仕事をするか、厳格に決まっているわけではない。

スクリプターの手が空いていれば、道具係の手伝いをする。それが日本映画界の、いい意味でいい加減なところだ。

柱一本、小道具一つといえども、カメラに映るものはすべて映画の構成要素だ。芝居をする俳優となんら変わりはない。それをいかに扱うかによって、演出の内容も変わってくる——アクターズ・スクールの講師は、そうも言っていた。

「昔ね、友だちのお父さんが、警察官をしていて、危ない仕事だから、その子がすごく可哀そうに思えたの。ああ、自分の旦那が暴力団担当の刑事になるなんて、思ってもみなかったな」

「我慢してくれ。今年限りだ」

自分で言うのも何だが、おれの台詞には情感がこもっていた。妻役の女優は、子役からこの仕事を続けているベテランだ。「相手が上手(うま)いと自分も上手くなる」——演技の世界でよく言われるこの格言に偽りのないことを実感する。

「いま抱えているヤマを片付けたら、約束どおり、総務課への異動願いを出す」

「はい、ＯＫっ」

大下の声にも張りがあった。

カメラの位置をわずかに変え、いま撮った部分にすぐ続くシーンの撮影に入る。

おれが先ほどと同じ姿勢を取ると、カメラが回り始めた。だが間を置かずに、

「つながりません」

そんな囁き声がおれの耳まで届いた。この前の読み合わせで何度も聞いたスクリプターの——韻の声だとすぐに分かった。

大下が韻の顔を覗き込むようにする。「どこがだい」

「まず、首を振っている扇風機の向きです」

よくそんなところに気づくもんだ。おれが韻の注意力に感心していると、彼女はこっちの方へ顔を向けてきた。

「それから、牧村さんの姿勢もです」

「まさか。おれは完全に同じポーズを取ったぞ。賭けてもいい」

「何を賭けます？」

韻が睨み返してきた。

「食堂のコーヒーじゃ不満か」

「いいですよ。じゃあ確かめてみましょう」

撮影したフィルムを再生し、モニターで確認してみたら、韻の言うとおりだった。前のシーンと完全に同じ姿勢を取ったつもりでいたが、注意して見ると、指の曲げ具合がかなり違っていた。

そんな一幕もあったが、午前中の予定は無事に終了し、正午過ぎに、全員で一時間の休憩を取ることになった。

この撮影所には大きな食堂が設けられている。スタッフの三割ぐらいが、そこへ向かってぞろぞろと移動していく。おれも彼らに交じって同じ場所を目指した。

おれの出番は午後もある。緊張のせいで食欲がなかったから、自動販売機でカップ入りのコーヒーを買うにとどめておいた。

「ホットとアイス、どっちがいい」

そばに韻がいたので、賭けの負けを清算してから、おれはホットのカップを持って隅の席に座った。

ほどなくして、目の前に誰かが立った。

顔を上げてみると、案の定、小藪だった。

この男とて、一応は役者のはしくれだ。撮影所に出入りするためのＩＤカードをまだ持っている。

小藪が向かいの席に座った。「煙草をくれないか」

「持ってない。撮影中は吸わないんでな」

おれは足を組んだ。小藪もそうしたのが上半身の動きで分かった。

「で、いまさら何の用なんだ？」

「分かるだろ、言わなくても」

「終わりだと約束したよな」

「したけど、考えてみたら、まだ食い扶持（ぶち）が足りねえんだよな、おれ」

「こっちだって」おれは体を折って小藪に顔を近づけた。声を潜めるためだ。「カツカツなんだ」

　小藪も上半身をおれの方へ倒してきた。「いずれギャラが入るだろう」

「ああ。雀（すずめ）の涙だがな」

「だったら、例のあれ、マンションからの飛び下りをやったらどうだ。もらえる額が跳ね上がるんじゃないか」

「無理だ。体がやばい。胃の調子が悪いんだ」

「じゃあ、別にどこかで工面するしかないな」

　おれはコーヒーの入った紙カップを口に運んだ。それを静かにテーブルに戻すと、小藪の手が伸びてきた。こっちのカップを掴み、断りもなく口元に持っていく。

上がった。

「……分かった。一週間待ってくれ」

小藪はそっとカップをテーブルに戻すと、にやりと笑い、痩せた歯茎を見せながら立ち上がった。

休憩を終え、セットに戻る途中、洗面台の前に立った。

真野韻の顔が浮かんだ。また「つながらない」と言われたらやっかいだ。服の皺一つに至るまで点検する。緩めておいたネクタイも、休憩に入る前に覚えておいた形に締め直した。

午前中に刑事の自宅だったセットは、捜査課の部屋に作り変えられていた。

いざ演技を始めたところ、

「つながりません」

案の定、また韻の声を聞く羽目になった。

「今度はどこがだ？」

怪訝な表情をする大下をよそに、韻がセットに入り込んできた。おれの顔をじっと見つめる。

「牧村さんの頬が粟立っています。いままで藤堂刑事がこんな肌の状態になったシーンはありません」

その言葉を受け、大下も寄ってきて、おれの顔を覗き込むようにした。

「真野の言うとおりだな。――牧村くん、休憩時間に何かあったか」

役者だから演技は得意だ。嘘をつくときは、口調を一段抑えるといい。だがそのときのおれは、つい狼狽えてしまい、「いいえ」の声をうっかり上擦らせてしまった。

「冷房が効きすぎているからだと思います。すみませんが、熱いおしぼりをもらえませんか」

スタッフがお湯で絞ったフェイスタオルを持ってきてくれた。それを頬に押し当てたあと、鏡に顔を向けてみる。

なおも消えない肌の粟立ちを見ながら、無理だな、とおれは心の中で呟いた。

休憩時間に小藪を殺す――そんな馬鹿げた考えは、やはりさっさと忘れた方が無難らしい。おれがあいつと会っていたことを、簡単に見破ってしまうに違いない相手がいるのだから……。

韻の姿を視界の隅で捉えつつ、フェイスタオルを握りしめ、大下の前に立った。

「おれ、やりますよ。例の飛び下り」

5

六月三十日の天気は快晴だった。

映画のロケがあると聞きつけた『ヴィラ・曙』の住人たちが何人か、ベランダに立ってこちらを見ている。

おれは念入りに柔軟体操をした。

激しい動きを撮るときの鍵は、カメラのアングルだ。場数を踏んだベテランのスタントマンならそれを熟知しているが、おれはアクションを得意とする役者ではない。そういう場合は撮影の責任者に頼ることになる。

そのカメラマンは、ずいぶん楽そうな顔をしていた。それも道理だ。スタントの場合、顔を判別しにくいアングルを探さなければならない。その点が大変なのだが、今回はそうした苦労をする必要がないのだ。

おれは自分でマットの厚さを確かめた。

スタントマンたち同士であれば、特にハリウッドでは、日頃から仲間意識が強いから、飛び下りる本人に代わって、現場にいる全員が着地マットの位置や膨らみ具合を確かめてくれると聞いている。そんなことを思えば、確認作業を一人でやるというのは、何とも虚しいものだ。

飛び下り地点の足場も入念にチェックしてから、『コーポ・サンセット』の三階に上った。

おれが演じる藤堂刑事は、丸腰のところを犯罪者に襲われ、慌てて逃げている。そういう設定なので、ベランダから落ちている間に、できるだけ手足をバタバタと動かし、不格好に落ちていく必要がある。

緊張しながら膝の屈伸運動をし始めたとき、

「靴を見せてください」

聞き覚えのある声がした。見ると、いつの間にかそこに韻が立っていた。

泣きたいのを我慢しているような顔だ。いつも飄々としている彼女が、こんなふうに感情を露わにするのは珍しい。

「靴がどうした？　得意の『つながりません』はなしだぞ。何も間違いはない。前のシーンでもこれを履いていたんだからな」

「それでは底が薄すぎるんです」

たしかに。落下の衝撃を吸収するには、かなり不安がある。

「だけど、しょうがないだろ。同じ靴でなけりゃ変だし」

「いいえ。替えた方がいいです。つながらなくても、怪我をするよりましですから」

「待てよ。もうそんな余裕はないだろ。この近くに靴を売っている店なんてないぞ」

スタッフが急遽、もっと底の厚い靴を買って持ってくるにしても、もはや時間がない。

「誰かが履いている靴でいいんです。スニーカーかデッキシューズで。エアーの入ったスポーツシューズが一番いいです。それを茶色に塗れば問題はありません。塗料のスプレーなら、小道具さんがいつも携帯していますから」

韻はくるりと背を向け、走り去った。

戻ってきたのは十分ほどしてからだった。どこで調達してきたのか、さっき彼女が言ったとおり、茶色に着色されたスニーカーを持っている。スタッフの誰かが提供してくれたものらしい。

履いてみた。動きやすさと安心感がまるで違う。これなら怪我をする心配はなさそうだった。

「だけど、観客にバレないか」

「バレませんよ。よほど注意して見ないと分かりません。それでも不安でしたら、観客の目を上半身に惹きつけるような演技をすればいいんです」

「OK、監督」

「ふざけないでください。わたしは本気で牧村さんを買っているんですから」

「その言葉は、おれに惚れていると解釈していいんだよな」

「とんだ勘違いです。わたしが惚れているのは映画だけです。日本映画界の小さな一財産として牧村さんを大事にしたいだけです」

――サンキュー。

三階ベランダの鉄柵を両手で摑み、ジャンプして乗り越え、八メートルの落下を終えてマットの中に沈んだとき、おれはそんな言葉を口に出していた。

どうやら怪我をせずに済んだこと、満足のいくアクションができたこと、高いギャラがもらえること……。いろんなことに感謝したから、自然と口をついて出た一言だった。

しかし、マットから立ち上がって最初に探したのが韻の顔だったところからして、もしかしたら、いま自分が一番ありがたいと感じているのは、先ほど彼女が示してくれた心遣いかもしれなかった。

だから、拍手をしながら近寄ってきたスタッフたちの中から、真っ先に声をかける相手として、おれは迷うことなく韻を選んだ。

「助かったよ。骨折したら靴が履けなくなっていたところだ」

「履けますよ。『レッド・ブロンクス』でジャッキー・チェンが足を折ったときは、ギプスの上からスニーカーの模様を描いたゴムを被せて撮影を続けたんですから。何事も工夫次第で――」

「救急車呼んで！　早く！」

韻の言葉を掻き消すようにして、そんな叫び声がどこかで上がった。

声がしたと思しき方を見やると、向かいの『ヴィラ・曙』前の路上にちょっとした人だかりができかけていた。

どうやら、撮影を見学していた誰かが、ベランダから落ちたようだった。

6

足元に黒っぽい物が転がっているのを見たのは、あと百メートルほどで街金の入居する雑居ビルに着くくらいの場所だった。

それが古ぼけた革の財布だと分かった瞬間、おれは次にとるべき行動を考えていた。

周囲の通行人に気取られないように、微妙に財布の方へ進路を変更していく。

財布が近くなったとき、靴の紐を直すふりをしながら歩道に屈みこんだ。立ち上がりざま、初めて気がついたとでもいうようにして、それを拾った。

身を起こすときに、通行人の視線を感じたが、隠すようなことはしなかった。これは交番に届けますよと意思表示をしつつ、財布を目の高さまで掲げ、いろいろな角度から持ち主の手がかりを探すふりをした。

久しぶりに心が躍った。ただ、拾ったときに数人の目撃者がいたことだけが引っ掛かっている。

おれは脚本を閉じた。

主人公の一人称が「おれ」になっている。小説に近い文章で書かれた、ちょっと変わった脚本だった。聞けば、主演俳優にできるだけ物語の中に入り込んでもらえるようにとの意図で、脚本家が無理やり編み出した工夫らしい。

詰めていた息を長く吐き出す。

これから路上とビルのセットを使い、ステディカムのカメラで撮る長回しのアクションシーンは、かなりの大仕事になりそうだった。

逸(はや)る気持ちを落ち着けるため、スタッフが準備してくれた椅子に座って、コーヒーを飲む。

――何てこった。

現実の世界で、もう街金から金を借りる必要がなくなったと思ったとたん、借金に苦しむ男の役が回ってくるとは。

もっとも、これは生活苦を描いたシリアスなドラマというわけではない。これからおれが演じるギャンブル好きの男は、下手に財布を拾ったせいで、謎(なぞ)の女と関(かか)わることになり、やがては国を揺るがすような陰謀に巻き込まれていく。なかなか捻った大人のエスピオナージ。それが物語の正体だ。

　今後のおれの生活も、この新作映画同様、ロマン溢れるものであることを願うばかりだ……。

　コーヒーをテーブルに戻すと、その上に重ねて置いてある新聞の束が目に入った。小道具として何かの場面で使うものらしい。ただし作り物ではない。現実に発行された、本物の新聞だ。

　おれがそれに手を伸ばしたのは、

【マンション五階から男性が転落死】

　との見出しを見つけたからだった。

　一か月前――七月一日の全国紙。その社会面だ。もう何度か目にした記事だが、おれの目は、自然とまた活字を追っていた。

【死亡したのは俳優の小藪重行さん（三五）。T町にある自宅向かいのマンションで行なわれていた映画のロケ撮影を見学している最中に、誤ってベランダから落ちたものと見られている。】

「無職」の方が事実に近かったが、そこを曲げ「俳優」と肩書を添えてくれた新聞記者の思いやりには、かつての友人として、おれからも改めて礼を言いたい。

——何も死ぬことはなかったのにな……。

事件ではなく事故死として処理されたようだ。司法解剖はされず、そのため覚せい剤を使っていたことも露見しなかったらしい。だから、あいつの部屋が警察に捜索されることもなかったはずだ。

小藪の所有物は老いた母親が引き取ったと聞いている。小藪が言っていた通り「ボケちまってる」とすれば、スマホやパソコンを使いこなせているとは思えない。おれの過ちを記録した画像データは、いまのままなら、誰の目に触れることもないだろう。

それはいいのだが——。

「お疲れさまでした」

この作品でも一緒になった韻が、蒸らしたフェイスタオルを持ってきてくれた。

忙しいらしく、彼女はすぐに立ち去ろうとする。

まだ湯気の立つタオルを使いながら、彼女の背中に向かって言った。

「つながらない」

韻は足を止めた。

「そうは思わないか」

「……何がですか」

「小藪の行動がだ」

彼は「ロケの見物などしない」と言っていた。だが、あのタイミングで転落したということは、記事にあるとおり、おれたちの方をベランダから見ていたということだ。

「真野さんは、かなりの物知りなんだってね」

「それほどでも」

「謙遜しなくていいよ。——じゃあ、こういう言葉も当然知っているよね」

そう前置きしてから、おれは言った。

「反響動作」

韻がこっちを振り向いた。その顔をおれはじっと見据えた。

「これは薬物中毒者が、ときどき陥る症状らしい。名前のとおり、自分が目にした他人の動作を、無意識のうちに真似てしまう症状だよ」

韻は表情を完全に殺していた。瞬きを一つしただけだ。

「思い返すと、小藪はその病気を患っていたようなんだ。おれと向き合うたびに、何度もこっちの動きを真似していたからね」

「何が言いたいんですか」

「黙って聞いてくれ。——すべては想像に過ぎないが、もし、小藪の病気に気づいた人がおれ以外にもいたとする。その人物は、おれが小藪から苦しめられていることにも薄々勘づいていた」

韻の頬が赤みを失い、白くなった。

「また、その彼ないし彼女は、おれの才能を買っているから、小藪を排除しようと考えた。そこで小藪をそそのかし、撮影を見学させた。そして、おれが三階のベランダから飛んだとき、それを見た小藪は、反響動作で同じように……」

韻はすっと目を細めた。そうしておれに当ててくる視線は、冷たい刃物を連想させるものだった。

「……いや、いま言ったことは忘れてくれ」

「そうします」

視線から冷気を一瞬にして消し去り、ふっと柔和な笑みを浮かべると、スクリプターの小柄な姿はスタッフたちの中に消えていった。

第7章　緑衣の女

1

古びた試写室には饐えた臭いが漂っていた。

客席の中央部に設けられた、コントロール装置のついた座席。そこに陣取ったおれは、リモコンを操作して部屋の照明を落としたあと、『檻の囁き』の試写を始めた。

ラッシュの上映など、いままで数えきれないほど経験しているが、何度やっても、おれにとっては緊張を強いられる瞬間だ。編集後のフィルムを見せるよりも怖い。面接を受ける就活生の気分になる。

ラッシュとはいえ、毎度冒頭には、作品タイトルである『檻の囁き』に加え、監督・今内晃良と、おれの名前が表示される。

そして主演女優である、池端つつみの名前も。

四年ほど前、日乃万里加という女優が、この撮影所内で亡くなった。四番スタジオに隣接する資材置き場で首を吊ったのだ。

万里加が主演した映画『火種』には、元々、彼女が縊死する場面があったらしい。

【自殺シーンの練習中に事故死】

新聞の見出しはそうなっていた。

万里加が死亡したことで、その友人とはいえアンダースタディでしかなかった池端つつみがチャンスをつかみ、『火種』の続編『炎種』に主演したことから、現在の人気を築いた。

ほとんど無名だったつつみが、その一本でたちまち集客力のあるスターになったのだ。日本映画の黄金時代はとうに過ぎ去ったとはいえ、劇場用の作品は俳優を大きくする力をまだ失っていない、と言っていいだろう。

不幸と幸運が嫌な形で入り混じったそんな過去を振り返っているうちに、ラッシュの上映は終わっていた。

スタッフたちの反応は、概ね好評だった。

こっちに向けてささやかな拍手を送りながら、皆が試写室を出ていく。誰もいなくなったあと、おれは、真野韻の方へ顔を向けた。

「真野さんといったね」

初対面だから、まずはこんなふうに声をかけてみたところ、

「はい」

返ってきたのは、やけに体温の低い声だった。

「きみの意見を聞かせてもらいたい。どうだった、いまのフィルムは」

「つながりません」

ぶっきらぼうな口調で言われ、おれは一瞬言葉を失った。たじろいでしまったことを悟られないよう、「ほう」と軽く応じてから、頭をつまらなそうにちょっと掻いてみせた。

「どこがどうつながらない？」

「二点あります。まず、女の主人公が殴られていましたね」

たしかに、いま上映した五分間のラッシュは、そういう暴力的な場面から幕を開けた。池端つつみ演じる主人公の女が、恋人の男から拳で殴られるシーンだ。それは、男の罪を自分が被るための偽装工作として、彼女が男にそうしてくれと頼んでやったことである、という設定だった。

「一発目は軽く。二発目は強く、です」

「だから？」

「軽い一発目のあと、男が嵌めていた指輪のせいで、女の顔に傷がつきました。でも、それより重い二発目を食らったあと、新しい傷はついていませんでした」

言われてみれば韻の言うとおりだった。この不自然さに観客が気づくだろうか、と悩む。

「そこはだな、まあ、指輪の当たりどころでそうなった、と解釈できないこともないだろう。――で、もう一つは？」

「主人公は、朝顔を鉢植えにして室内で育てていましたね」

「それがどうした」

「彼女は、朝顔が咲いている午前十時に、部屋の遮光カーテンを閉め切って、真っ暗にして外出しました」

「ああ」

「戻ってきたのは夜です。その間、ずっと遮光カーテンは閉まったままでした」

「そうだよ」

「そして、このときも時計が映りました」

「時計の時間ならちゃんと確認しているぞ」

撮影したのは昼間だったが、脚本には「午後八時に帰宅」と書いてあったので、そのとおりに長針も短針もセットしてから撮影した。抜かりはない。

「わたしが言いたいのは、時計のことではありません。朝顔の方です。朝顔が咲いていなかったんです」

「……言っている意味が分からんな。夜だぞ。咲くはずがないだろ」

「咲きます。朝顔の花が朝に開くのは、日が昇って明るくなるからではありません。暗くなってからだいたい十時間後に開く、というように時間で決まっているんです」

「……嘘(うそ)つけ」

「スマホをお持ちですか」

「ああ」

「じゃあネットで調べてみてください」

前任のスクリプターが、疲労から肺炎を発症して倒れてしまった。それぐらい映画撮影の現場は過酷だ。そこで急遽、誰かいいピンチヒッターはいないかということになり、プロデューサーに紹介されたのが、この韻だった。

「暗くなってからどれだけ時間が経ったのか。それを植物は一種の体内時計で正確に刻むことができるんです」

分かった、うるさいからもう黙れ。おれは手と首を同時に振ることで、その意を彼女に伝えてやった。

「でもな、そんな細かい点に気づく観客はいないよな。どう思う」

「いますよ、ここに」

「きみ以外にだ」

「ちょっと前に、日本、アメリカ、中国の合作で『緋色の女』という予算規模の大きな作品が公開されました。池端つつみは――」

こっちの問い掛けを無視して何やら勝手に話の矛先を変えた韻は、主演女優を呼び捨てにした。

「せっかくあの大作で主役のオファーがあったのに、断っていますね」

「よく知ってるな」

「その代わり、この『檻の囁き』という小品に出演しました」

「小品ね」

たしかに大作というわけじゃないが、そういう言葉を監督の前で使うか、普通。

「ということは、池端つつみは、かなりの意気込みでこの映画に賭けている、ということでしょう」

「だろうな」

「だったら、監督もそれに応えてやるべきではありませんか」

態度は腹立たしいが、この女、言うことはごくまともなようだ。

しょうがない。朝顔の方ぐらいは、たいして手間がかからなそうだから、撮り直しをしておこうか。そう考えながら、韻と二人で試写室を出た。

今日の午後から、野外で宣伝用のスチール撮影がある。外に出て空を見上げた。太陽は薄い雲に隠れている。ぐずついてはいるものの、夕方ぐらいまでなら降らずにもってくれるだろう。

よっしゃ。拳を握りつつ、上に向けていた顔を前に戻して韻の方を見やったところ、思わず笑いそうになってしまった。

しばらく薄曇りの陽光を目に入れていたため、補色残像効果というやつのせいで、おれの網膜に映った彼女の顔が青紫色になっていたのだ。それが丁髷のように結った髪型と相俟って、ちょうど茄子のように見えたから、やけに可笑しかった。

「きみはもう帰っていいよ」

　スチール撮影の仕事にまでスクリプターは必要ない。

「待ってください。明日はどうすればいいんです。わたしを正式に雇ってくださるんですか」

「今内組じゃあ、細かい矛盾点が見つかったら、それは全部、監督じゃなくてスクリプターの責任だからな。いいか」

「いいですよ」

　茄子の色が消えた韻の顔に向かって、おれは言った。

「午前九時。第七スタジオだ。遅刻したら罰金な」

2

　午前九時ちょうど、青いゴムボールを一つ持って第七スタジオに入ると、隅の方で、韻は静かに目を閉じていた。

　彼女はやがて、空いているデスクの上に置いたクリップボードや筆記用具を手で触り始めた。

何をやっているのかよく分からなかったが、とりあえずまだ撮影まで時間があるので、好きにさせておくことにする。

スタジオ内に組まれた小さなセットは、警察署の取調室を模したものだった。今日撮影する予定になっているのは、刑事の求めで任意の事情聴取に応じた主人公が、恋人の身代わりになって、「わたしが犯人です」と嘘の告白をする場面だった。

夏なのにクーラーがよく効かず、スタジオ内は蒸し暑い。自然の汗を撮りたかったので、わざとそうしてある。煙草(タバコ)の煙で空気が淀(よど)んでいるという設定でもあるから、スモークを焚(た)いてもいた。

「お早(はよ)うございます」

スタッフの一人一人に頭を下げながら、目に鮮やかな緑色のワンピースを身に纏(まと)った池端つつみがスタジオに現れた。

おれはつつみに声をかけ、刑事役の俳優、土岐田将もそばに呼んだ。ここしばらくは台湾の映画界で活動し、先月になって日本へ帰ってきた男だ。

フレグランスを変えたのだろうか、長身の役者は今日、嗅(か)ぎ慣れない香りをさせていた。

おれは手にしていたゴムボールをつつみに渡した。土岐田には、つつみから五メートルほど離れた場所に立つよう命じた。

「何です、このボールは？」

「俳優養成装置さ。これを使って、土岐田とキャッチボールをしてほしい」

訝(いぶか)りながらも、二人はボールを投げては受ける動作を始めた。

「そうしながら、今日の台詞(せりふ)を言ってごらん。――まずはつつみから」

キャッチボールに気を取られてしまうせいか、最初の言葉は、なかなか彼女の口から出てこなかった。

「殺したのは、わたしです」

ようやく出てきた台詞に、土岐田は「本当かね」と応じる。

「はい」

「あんたの良心に誓えるか」

「誓えます」

「だったら、殺した相手にも誓えるね」

そう一応は脚本に書いてあるとおり正確な台詞で応じたものの、これもまた出てくるまでに間を要した。

いま二人にさせているのは、余計な考えを頭から追い払うための準備だった。つつみにしても土岐田にしても、台詞に無駄な力が入ることがままある。もっとフラットな調子で言葉を出すには、こうして、脚本に書かれた筋とは関係なく手足を動かしながら練習するのが効果的なのだ。それは経験から分かっていた。

「よし。それぐらいでいいよ」

おれがパンと手を一つ叩くと、それまで緩んでいた空気が一転し、場は本番前の緊張感に包まれた。

撮影に取り掛かった。

これから始まるシーンは、本作最大の見せ場だ。つつみにとっては大仕事になる。台詞の量は脚本で三ページ。フィックス――カメラを固定しての撮影だ。カットは割らない。脚本は、一ページがだいたい一分に相当する。三分を超える長回しとなれば、演じる役者の苦労は大変なものになる。

とはいえ、リハーサルは一週間前から重ねてきた。つつみの力量なら、一発でオーケーが出るだろう。NGで撮影が長引いてしまう心配はなかった。

つつみが取調室の椅子に座り、刑事役の土岐田がその向かいに腰を下ろすと、韻がクリップボードを腕に抱くようにして持ち、ストップウォッチを構えた。

クリップボードにはスクリプト用紙と呼ばれるものが挟んである。この紙に、いま撮影している内容を細々と記録していくのがスクリプターの仕事だ。どんな小道具がどの位置に置いてあるか、カメラを止めたときに役者がどこでどんなポーズを取っていたかなど、映像と映像のつながりに矛盾が出ないよう、カットごとに正確にメモしておかなければならない。

他にも、カチンコからカチンコまでの時間や、使用したカメラのレンズ、その絞り値などの記録も任されている。要するに、気の毒になるほど忙しいパートなのだ。

「殺したのは、わたしです」

「本当かね」

「はい」

「あんたの良心に誓えるか」

「誓えます」

「だったら、殺した相手にも誓えるね」

この部分、土岐田の台詞のあと、〇・七秒だけ間をおいてから「はい」と返事をするように。そうつつみには指導した。〇・七という数字の細かさに特別な根拠はない。要するに、嘘をつくことにほんのわずかの躊躇(ちゅうちょ)を滲(にじ)ませてほしい、という意味だ。

こちらの演出意図を、つつみは見抜いてくれたようだった。彼女がとった間は完璧(かんぺき)といってよかった。

こうして山場のシーンが無事に終わった。

スタッフの気が緩むことを警戒し、こういう場合は敢(あ)えて休憩を取らないのがおれのやり方なのだが、今日は別だ。

「一息入れようか」

つつみに声をかけると、彼女は白く長い指でこめかみのあたりをそっと押さえた。

「そうさせてください」

助監督に三十分の休憩時間を取るように告げ、おれはスタジオの隅に向かった。

いまどきの映画撮影現場には、本編に関わる人員とは別に、メイキング映像を撮るスタッフがいるのが普通だ。劇場公開後、DVDやブルーレイのソフトとして販売するときに特典として収録する映像。それらを製作するためのスタッフが、本編とは別のカメラを構えている。

今回は、その仕事を、若手のドキュメンタリー作家に依頼していた。彼から、おれはカメラを借りた。デジタル式だからモニターがついており、その場で撮った内容を確認できる。

どこかで女の叫び声が上がったのは、メイキング映像を観たあと、次に撮る場面の照明位置を確認しているときだった。

声の主はつつみに違いなかった。

スタッフたちは顔を見合わせたあと、楽屋へ向かって走った。

当然、おれもそうした。

主演女優には個室の楽屋が与えられている。つつみはそこに自前の枕と座布団を持ち込んでいた。

壁のラックにはたくさんの本が並んでいて、背表紙には「演技論」という言葉が目立った。彼女が、暇を見つけては自分の仕事について研鑽を積んでいたことは、おれもよく知っていた。

ついでに言えば、彼女が使っている化粧台の抽斗には、剃刀や藁人形が入っている。アンチファンから嫌がらせとして送られてきたものだ。そんなものですら、彼女は自分を発奮させる材料として利用していた。

そんな室内には、つつみと、そして土岐田がいた。彼がつつみと恋仲になっていることは公然の事実だから、その点については、いまさら誰も驚かなかった。

部屋の中央でつつみは、険しい形相のまま肩を怒らせて立ち尽くしていた。床には、赤い毛布が、投げ捨てられたように置いてあり、彼女の両足は、きつくそれを踏みつけていた。

スタント・ドライバー出身の土岐田は身のこなしの美しさが売りだが、爽やかさも持ち合わせていた。普段は微風が服を着て歩いているかのような男だった。

そんな彼も、つつみがなぜ大声を上げたのかまるで理解できない様子で、いまは口をだらしなく半分開き、助けを求めるような視線をおろおろと彷徨わせている。

やがて、つつみが足をふらつかせながら、こちらに近寄ってきた。彼女の異様な様子に気圧され、部屋の入り口に集まっていた連中は道を開けた。

廊下に出ると、彼女は急にスタジオの出口を目指して走り出した。

皆が追いかけたが、そのころには外の道路に飛び出していた。

スタジオ前の道路は交通量が多い。路面のアスファルトには、中央部の盛り上がりがはっきり分かるほど、タイヤの轍が深く掘られている。その轍掘れに、つつみは躓き、よろめいて転倒した。

そこへ白いセダンが一台突っ込んできた。

3

おれの身分はフリーランスだが、撮影中はスタジオ内に監督室として個室が貸し与えられている。そこにベッドを持ち込み、いつでも休めるようになっていた。

西側の壁には、A3の紙が貼ってあった。そこにはマジックでこう書いてある。

【必要な物はなに一つ忘れてはならないが、不必要な物はなに一つ持ってはならない】

その自筆の文字にぼんやりと目を向けていると、ノックの音がした。

「どうぞ」

ドア越しに声をかけたところ、入ってきたのは韻だった。

「先日は驚きましたね」

「まったくだ」

幸いにも、つつみに向かってきた車が彼女を撥ね飛ばすことはなかった。急ブレーキが間に合い、大事には至らなかったのだ。この一件についてはスタッフに箝口令を敷いたことは言うまでもない。

「用意しておけばよかったですね」

「何をだ」

「つつみさんの棺桶をです」

「……それ、冗談のつもりか」

「『ジ・インクレディブル・サラ』の話ですよ。一九七六年の」

束の間、韻の言っていることが理解できなかった。いま彼女が口にした言葉が、大女優サラ・ベルナールの伝記映画のタイトルと、その映画が製作された年だと分かるまで、数秒を要した。

『ジ・インクレディブル・サラ』は日本では公開されていないから、その存在を知る人は少ないはずだ。

「あの映画で、グレンダ・ジャクソン演じるサラ・ベルナールは、まるでそれが持病のように、いつもヒステリックに怒り狂っています。本人もそれを自覚していて、ヒステリーが始まると、自分の部屋に用意してある棺桶に横たわります。そばに蠟燭を立て、怒りが鎮まるまでじっと目を閉じていました。そういう場面がありましたよね」

韻が映画マニアで、古今東西のあらゆる作品に通じていることも、彼女を紹介してきたプロデューサーから聞かされていた。

「今内監督のお好きな映画は何ですか」

「そうだな。邦画なら『火種』なんか悪くないよな」

普段は顔に内心をさらけ出すことのない韻だが、このときは珍しく頬をやや強張らせた。

「あの映画のどこが気に入ってるんですか」

「一見するとありがちなサスペンスだけど、実は案外うまく構成されているんだよ」

「と言いますと」

「火村千種というヒロインは、最後に姉を自殺に追いやった犯人を殺すだろ。つまり殺人に手を染めるわけだ」

「ええ」

「ちょっと考えてみろ。いくら身内の仇だとしても、そう簡単に人は人を殺せると思うか。できないだろ、普通」

「……ですね」

「でも『火種』はこの部分をちゃんと考慮しているんだ。千種はアメリカに渡るだろ。そこは日本に比べて殺人事件が格段に多い国だ。そして彼女は弁護士という仕事を通して、徐々に人殺しに慣れていくよな。その〝馴化〟の過程が、実はちゃんと描かれているわけだ」

おまえはこの点に気づいていたか。そう問いかける視線を送ってみた。

韻の顔はいつもの無表情に戻っていた。

いや、いまの解説が彼女の内心にどんな思いを惹起したのか分からないが、いつもよりもっと心を失った顔になっている。

「それにしても」

どうやら『火種』についての話がお気に召さなかったらしい韻のために、おれは話題を戻すことにした。

「いったいあの日、つつみに何が起きたんだろうな」

なぜ急にあれほど取り乱したのか。

スタッフの皆はこう噂している。彼女が仮眠を取っているとき、土岐田が赤い毛布をかけてやったことが原因だ。その毛布は、土岐田が別の女優からもらったものだった。プライドの高いつつみには、彼が自分以外の女と交際していたことが許せなかったのだろう、と。

「皆がしている噂は間違っていますよ」

「どうしてそう思う?」

「先日の撮影時、土岐田将がつけていたフレグランスは、赤い毛布と同じブランドの製品です。あれも、土岐田に秋波を送っている女が、彼にプレゼントしたものでしょう。その香りを、つつみは、彼とキャッチボールをしたときにも嗅いだはずです。でもそのときは、彼女は何ら反応を見せませんでした」

無表情のまま淡々と言葉を吐きだす韻。彼女の顔を見据える自分の目が、次第に細くなっていくのを、おれは感じていた。

まったく抜け目のないやつだ。スクリプターという仕事にこれほど向いている人種もそういないだろう。

プライベートでは、けっして付き合いたくはないタイプの女だが、興味がないと言えば嘘になる。韻の経歴を詳しく調べてみようか。そんな気持ちが湧き起こってくるのを、どうにも抑えられなかった。

「監督なら、何があったのか真相をご存じですよね」

「知りたいのか」

おれは、監督室に置いてあったポータブルのキーボードを引き寄せた。電源を入れ、クラシックの曲を一つ奏でてみせる。

「この曲名を知っているか」

「プロコフィエフのピアノコンツェルト第三番ですね」

「ああ。これを聞くと決まって発作を起こす人がいるそうだ。おそらく、この曲が聞こえていたときに、かなり嫌な目に遭ったんだろう」

「それとつつみの件と、どういう関係があるんでしょうか」

「とぼけるなよ。きみも薄々勘づいているんだろ？」

先日、メイキング映像を確認したのは、韻の表情を探るためだった。取調室の場面を撮影中、韻がつつみをじっと見る視線に特別なものを、おれははっきりと感じたからだ。

この二人に、決して浅くはない因縁があったことを思い出したのは、その直後だった。縊死した女優、日乃万里加。その芸名は、本名であるマノヒカリ――真野陽のアナグラムだ。

名字から見当がつくとおり、彼女は韻の姉なのだ。

「きみの姉さんが死んでいるのを見つけたのはつつみだった。その場面を目撃したとき、つつみは赤い服を着ていた。以来、赤い服を着ると、そのとき受けたショックが蘇って錯乱を起こしてしまうんだよ。今回は服じゃなくて毛布でそれが起きてしまった、ということさ」

「彼女が『緋色の女』の主役を蹴ったのも、それが理由なんですね。脚本を読むまでもなく、タイトルからして、劇中で赤い衣装を着なければならないことが明らかですから」

おれが頷くと、韻は西側の壁に目をやった。

「必要な物はなに一つ忘れてはならないが、不必要な物はなに一つ持ってはならない……。誰の言葉ですか、あれは」

「こいつは驚きだ。きみにも知らないことがあるんだな。あれはガストン・レビュファって人が言ったんだよ。フランス人の登山家だ。映画の心得にも通じる名言だろ」

「まったくそのとおりですね。——ところで監督、わたしが何の用で来たと思いますか」

「おれもそれを知りたかったところさ」

「謝りにきたんです」

「どんなことを」

「つながらなかったんです」

「……詳しく話せ」

「さっき『檻の囁き』を見返していて、気づいたんです。一箇所、間違いを見落としていたことに」

つつみの精神がかなり不安定なことを知ったあの日から、下手な刺激を彼女に与えないように注意しつつ、慎重に撮影を進め、映画はほぼ完成していた。いまさらそんなことを言われても困る。

もし修正不可能なミスだったらどうするか。嫌な想像と闘いながら、おれは手元にあったノートパソコンのスイッチを入れた。この中に保存してある『檻の囁き』の動画データを、十五インチの画面で再生してみる。

「どの部分だ」

「開巻から九十二分あたりです」

そこは取調室のシーンだった。まずヒロインの告白をフィックスで延々撮った。それに続けたのは、刑事の吸った煙草から灰がぽろりと落ちるショットだ。

そして、刑務所の真っ白い塀を五秒ほど映す。そのように編集した。

煙草の灰が落ちるのは、ヒロインの人生が娑婆(しゃば)で燃え尽き、刑務所へ落ちていく、という暗示のつもりだった。

韻が言うには、問題はその場面らしい。煙草の長さが前のショットとまるで合っていないのだという。

確認してみたら、まさにそのとおりだった。

韻に頼り切っていたので、自分も完全に見逃してしまっていた。

――しっかりしてくれよ。煙草の長さってのは、スクリプターには初歩の確認事項だろうに。

おれは表情に不機嫌さを剝(む)き出しにしてから、その顔をぐっと韻に向けてやった。

4

内輪の完成披露試写会は、汗臭いスタッフたちが集うラッシュ用とは別の、スタジオの重役たちが使う豪華な部屋で行なわれた。

そこは最近になって改装されたばかりの施設だった。これまでは音の響き方がよくない部屋だったため、退場するときには耳が疲れ、鼓膜がきゅっと押されているような感じがしたものだ。この新しい試写室では、幸いにも、そうした不快感を覚えることはなくなっていた。

上映が始まった。煙草のショットはとても気に入っていたのだが、どう考えても不自然だから泣く泣くカットせざるをえなかった。それがいまでも悔やまれてならない。

目が暗さに慣れると、おれはスクリーンではなく客席の観察を始めた。製作会社と配給会社の部長クラスが前の方に陣取っている。

ある映画評論家は、作品がつまらないと片手で顔をごしごし撫でるのが癖だったそうだ。もっと面白くない映画になると、両手で顔中をこすりだしたという。

別の評論家はいつも一番前に席をとり、くだらないフィルムの場合は、両足を前に伸ばした。もっとつまらなくなるとさらに足を前にやり、しまいには椅子からドスンと体ごと床に落ちてしまうこともあったらしい。

最近読んだ本で知ったそんなエピソードを思い出していたら、とても試写室に居続ける気にはなれなくなった。

気配を殺して席を外し、廊下に出ると、思わず安堵のため息が漏れた。客の反応にびくびくしなければならない状況というのは、やはり映画監督にとって心臓に悪いものだと実感する。

監督室に戻ることにした。上映が終了するまでの間、そこにこもり、次回作として企画されているミステリーもの、『暗闇の残影』の脚本を執筆している方が、時間の使い方としては、はるかに有効なはずだった。

二時間弱で二ページだけ脚本を書いてから、上映後のセレモニーに間に合うように試写室へ戻った。

エンドクレジットも終わり、場内の明かりが点くと、スタッフたちが慌て始めた。

おれは、近くにいた小道具係の女性スタッフを捕まえた。

「どうしたんだ」

「いらっしゃらないんです」

「誰が」と重ねて訊いたが、見当はついていた。肝心の主演女優が、だ。この試写会に出席していたはずのつつみの姿が、いつの間にやら消えていて、どこを探しても見当たらない。

おれは小走りに外へ出た。背後から韻もついてくる。

もう日は落ちかけ、西の空はピンク色に染まっていた。周囲がやけにうるさいのは、何棟も立ち並ぶスタジオの屋根に、雀（すずめ）の大群が押し寄せているせいだ。

嫌な予感がしていた。その予感に従うとすれば、つつみがいる場所は一つしかなかった。

おれの足は、自然と四番スタジオへ向かっていた。

隣接する資材置き場を、奥へ奥へと入っていく。

事故死した友人を見つけたらかなりのショックを受けるだろう。それは理解できる。だが、その衝撃が蘇ったとき、自分もまた死のうとしたりするものだろうか。

普通に考えれば、誰もそこまではしないはずだ。

とはいえ、する場合もある。

友人の事故死に、自分が関与していた場合だ。

日乃万里加が演技の練習として輪に首を通したとき、つつみはそばにいたのではないのか。赤い服を着て、すぐそばに。

そしてそのとき、彼女の中で何かが囁いたのではなかったか。

――この踏み台を蹴飛ばせば、おまえにチャンスが舞い込むぞ。

それがこの四年間、おれの胸中にどんよりと重く巣食ったまま離れない考えだった。

資材置き場の角で、おれは足を止めた。急に立ち止まったため、後ろからついてきていた韻の体が、背中にどんとぶつかった。

この角の向こう側が、日乃万里加の死んでいた現場だ。もしそこにつつみがいたら、おれの推理は当たっていたと考えていいだろう。もしそこに、つつみの体がぶら下がっていたら――。

深呼吸を繰り返しても、拍動の激しさは治まらなかった。

結局、息苦しさを抱えたまま、一歩を踏み出し、四年前の現場に目を向けた。

おれの推理は当たっていた。

5

今日も気がつくと、ガストン・レビュファの言葉をじっと見つめていた。

自分にとって、つつみほど必要な存在はなかった。

サマーコートのベルトを使って縊死していたつつみの姿が、網膜に焼き付いたまま、一向に消える気配がない。

いつかは、彼女がああなるだろうことは、心のどこかで覚悟していた。だが、どうしてあのタイミングだったのか、それが分からない。

気になるのは、『檻の囁き』を観ている最中に起こした行動だったという点だ。自責の念による死。それを決行するに至った理由は、おれの撮ったフィルムにあった。監督をそうとしか思えない。だが、あのフィルムのどこにどんな問題が潜んでいたのか、監督をしたおれ自身にもさっぱり見当がつかないのだ。

脳内に疑問符を抱えたまま、スタジオに出た。今日が『暗闇の残影』の撮影初日だ。

韻がいた。

気に障る女だと思いながら、次の作品にも、韻をスクリプターとして指名してしまっていた。なぜなのかは自分でもよく分からない。

今日もスタジオの隅で、韻は静かに目を閉じている。

やがて空いているデスクの上に置いたクリップボードや筆記用具を手で触り始めた。

頃合い（ころあ）いを見計らって、おれは声をかけた。

「よう」

「何をしてるんだ、さっきから」

「ルーティンです。仕事に入る前の」

目を閉じていたのは、耳に神経を集中させるためです。そうして手探りで、あちこち触れてみるんです。これは鉛筆で、こっちはホチキス。さて、この書類はなんだろう、という具合に自問自答しているうちに、気持ちが指先に集中してきます。こうなると、無理に仮死状態に置かれている視覚が俄然冴えてくるんです……。

そんな説明をする韻を見ながら思い返したのは、ざっと調べがついたかぎりでの、彼女に関する情報だ。言い換えればそれは、ここ一年ちょっとのうちに、韻が経験した出来事のいくつかだった。

まず韻は、土岐田将が恋人を殺したのではないかと疑ったことがあったようだ。

また、映画クラブに所属する中学生が事故で人を死なせかけた事件に関わってもいたらしい。

社会人野球のドキュメンタリーを撮影中に殺人事件が起きたこともあったという。

助監督がベテラン女優を殺したケースでは、監督がその隠蔽工作に協力しようとしたことも話題になったが、この事件も韻の身近で起きたことだ。

元俳優の薬物中毒者がマンションから転落して死亡した現場に居合わせたこともあった。この事故については巷の噂として他殺説も囁かれている……。

韻と視線がかち合っていることに気づき、おれは少し慌てながら、今日も持参していたゴムボールを取り出した。

「ちょっと外に出てみないか」

天気は快晴だった。

スタジオの入り口前に出て、おれはゴムボールを韻に放った。

ごく軽く投げてやったのだが、韻は、まるで鉛の塊でも抱えるように、体全体と両手を使って大袈裟に受け止めた。その動作だけで、彼女の運動神経はかなり鈍いらしいことがよく分かった。

「おれに九九の問題を出してくれ」

「くく？」

「掛け算だよ。二二が四とか二三が六、ってやつ。その問題を出すと同時に、こっちにボールを投げるんだ」

「……三六」

その問い掛けと同時に韻が投げてよこしたボールを、おれは右手で受け止めた。

「いいか。いまみたいに、答えが偶数なら右手で、奇数なら左手で受け止めるんだ。きみもやってみろ。——七八」

韻が戸惑っているうちに、ボールは彼女の肩に当たり、地面を転がった。

計算自体は簡単だ。だが偶数か奇数か判断してから、それを行動に結びつけるのは意外に難しい。

おれは前に、これを使った役者のトレーニングに付き合ったことがあったからうまくできるが、経験のない韻は、その後、何球か投げてやっても、間違ったり取り損ねたりを繰り返した。

「駄目だな。失格」

「何が失格なんですか」

おれはゴムボールを顔の高さに掲げてみせた。

「前に言わなかったか。これがおれの俳優養成装置だって」

「それは聞きました」

「きみがちょっと面白い個性を持っているから、役者に向いているかな、と思ったんだよ。何かのちょい役に使えそうだな、ってね。だけど、反射神経が鈍すぎて、俳優としては使い物にならない。だから失格」

「わたしは裏方です。それで満足しています。顔を出してくれと頼んだ覚えはありません」

「それもそうだな。悪かった」

おれは空を見上げた。今日は正午前から屋外で撮影がある。天気は上々だ。

顎に顔を戻すと、また彼女の顔が茄子のように見えた。

直後、おれは持っていたゴムボールを取り落としていた。

それを拾おうともせず、その場に棒立ちになったまま、『檻の囁き』を思い返していた。

あの映画は、煙草のシーンがなくなって、どうなったか。

フィックスで撮った三分間にも及ぶ映像で、つつみは緑色の衣装を着ていた。それが終わると、すぐに白い塀の場面になった。

そのとき、観客たちの目に映ったものは何だったのか。

つつみの残像だ。

補色残像効果で、緑から赤に変わった服を着たつつみの。

韻の見落としは、本当に過失だったのだろうか。

そうではなく、故意だったとは考えられないか。ここ一年ちょっとの間で、ある行為に〝馴化〟した彼女の……。

「落としましたよ」

ゴムボールを拾い上げ、こちらに放り投げてよこした韻の視線は、いつにもまして冷ややかに感じられた。

【参考文献】

『スクリプターはストリッパーではありません』白鳥あかね（国書刊行会）
『スクリプター 女たちの映画史』桂千穂（聞き書き）（日本テレビ放送網）
『明日に向って撃て！ ハリウッドが認めた！ ぼくは日本一の洋画宣伝マン』古澤利夫（文藝春秋）
『ハリウッドの嘘 驚嘆！ アメリカ映画のエラー120』木谷高康（講談社）
『A MOVIE・大林宣彦 ようこそ、夢の映画共和国へ。』石原良太、野村正昭（編）（芳賀書店）
『映画 無用の雑学知識 評論家も知らない銀幕ウラ鑑賞法』シネマニア倶楽部（編）（ベストセラーズ）
『空想アクションヒーロー読本』高橋昌志（アスキー）
『新訂版 超入門 事例でまなぶ看護理論』竹尾恵子（監修）（学研メディカル秀潤社）
『傷つくのがこわい』根本橘夫（文藝春秋）

つながりません スクリプター事件（じけん）File

著者 長岡弘樹（ながおかひろき）

2024年6月18日第一刷発行

発行者 角川春樹

発行所 株式会社角川春樹事務所
〒102-0074 東京都千代田区九段南2-1-30 イタリア文化会館

電話 03（3263）5247（編集）
03（3263）5881（営業）

印刷・製本 中央精版印刷株式会社

フォーマット・デザイン 芦澤泰偉
表紙イラストレーション 門坂 流

ISBN978-4-7584-4648-8 C0193 ©2024 Nagaoka Hiroki Printed in Japan
http://www.kadokawaharuki.co.jp/［営業］
fanmail@kadokawaharuki.co.jp［編集］　ご意見・ご感想をお寄せください。